SIDNEY SHELDON

THE SKY IS FALLING

この書物の所有者は下記の通りです。

住所	
氏名	

アカデミー出版社からすでに刊行されている
天馬龍行氏による超訳シリーズ

「よく見る夢」
「顔」
「女　医」
「陰謀の日」
「神の吹かす風」
「星の輝き」
「天使の自立」
「私は別人」
「明け方の夢」
「血　族」
「真夜中は別の顔」
「時間の砂」
「明日があるなら」
「ゲームの達人」
（以上シドニィ・シェルダン作）

「長い家路」
「最後の特派員」
「つばさ」
「五日間のパリ」
「贈りもの」
「無言の名誉」
「敵　意」
「二つの約束」
「幸せの記憶」
「アクシデント」
（以上ダニエル・スティール作）

「召喚状」
「裏家業」
（以上ジョン・グリシャム作）

「奇跡を信じて」
（ニコラス・スパークス作）

「何ものも恐れるな」
「生存者」
「インテンシティ」
（以上ディーン・クーンツ作）

空が落ちる（上）

作・シドニィ・シェルダン
超訳・天馬龍行

大変だ。空が落ちてくる！　空が落ちてくる！

——チキン・リトル

ヒーローの影にはかならず悲劇がある。

——F・スコット・フィッツジェラルド

プロローグ

極秘：議事録は読んだらただちに消去せよ。関係者全員が確認すること
場所：極秘
日時：極秘

厳重に警備された地下室には十二人の男が集まっていた。世界各国から専用機で飛んできた

秘密の代表たちだ。かなり間隔を置かれた六列の座り心地よさそうないすに座る彼らは、演壇の人間が話す言葉に熱心に耳を傾けている。

「最初に、うれしい知らせです。例の心配の種がもうじき排除されます。ここでくわしく説明する必要はないでしょう。これから二十四時間以内に世界中が知ることになるからです。みなさんもわれわれもこの件ではずいぶん肝を冷やしました。しかし、もはやわれわれの行く手に障害はありません。門は開いたままです。それではオークションに移ります。最初の付け値は？」

「はい、十億ドル。つぎは？」

「はい、二十億ドル。つぎは？」

第一章

十二月の冷たい風のなかで、彼女は震えながらホワイトハウスから一ブロックしか離れていないペンシルベニア大通りを歩いていた。と、そのとき突然、耳をつんざくような空襲警報が聞こえてきた。やがて爆撃機が死の積み荷をどこで落とそうかと見はからいながら頭上を飛んでいく。彼女は恐怖の赤い霧に囲まれて動けなくなった。

赤い霧のなかの彼女はサラエボに舞い戻っていた。爆弾が落ちてくるシュルシュルというあの気味の悪い音が聞こえる。彼女は目をかたく閉じた。しかし、周囲で起こっている光景を遮断するのは不可能だった。空は赤く燃え、大小あらゆる火器の射撃音や戦闘機の爆音、迫撃砲弾が飛んでくるうなり音などが入り交じって、耳はほとんど用をなさない。近くのビルが爆破され、コンクリートのかたまりがシャワーとなって降り注いでくる。恐れおののき、死をのがれようと右往左往する市民たち。

遠いところから男性の声が聞こえてくる。

「大丈夫ですか？」

彼女はおそるおそる目を開けた。周囲を見まわすと、そこは冬の薄日が射すペンシルベニア大通りだった。彼女を悪夢の世界に引きこんだジェット機はすでに視界から消え、救急車のサイレンもどんどん遠ざかっていた。

「お嬢さん——大丈夫ですか？」

彼女は悪夢をふりはらい、意識を現在に戻した。

「ええ、大丈夫です——わたしは大丈夫です。ありがとう」

男の目が彼女をしげしげと見つめていた。

「ちょっと待って！　あなたはダナ・エバンスじゃないですか？　わたしはあなたの大ファンです。毎晩WTNであなたを見ていましたよ。ユーゴスラビアからの現地報告をね」

男は熱っぽくつづけた。

「ああいう報道をするのは本当にスリル満点ですよね？」

「ええ」

ダナ・エバンスののどはカラカラだった。

〈スリル満点ですとも。人がこなごなに砕けるのを見るんですから。赤ん坊が井戸に投げこまれたり、人間の生き血で川が赤く染まるのを見るんですから〉

彼女は急にもどしたくなった。

「失礼します」

そう言うなり、彼女は足早にその場を去った。


ダナ・エバンスはユーゴスラビアから三か月まえに帰国したばかりだった。現地での記憶はまだ生々しかった。日の当たる大通りを、おびえることもなく、鳥の歌や人びとの笑い声を聞きながら歩くなんて、落差が激しくて現実感がなかった。サラエボには笑いなどなかった。あるのは、爆弾が炸裂する音と、逃げまどう人びとの悲鳴だけだった。

〈ジョン・ドンの言うとおりだわ〉

とダナは思った。

〈孤立して生きられる人間なんていないんだ。ほかの人に起きたことはやがて自分にも及ぶ。

わたしたちはみな同じ泥と星くずでできているのだから。人間はみな同じ時間を共有しているんだ〉
〃サンティアゴでは、十歳の少女が祖父に強姦されている……〃
〃ニューヨークの街なかで、ふたりの恋人たちがキャンドルライトの下でキスを交わしている……〃
〃フランダースでは、十七歳の少女が障害児を産むところである……〃
〃シカゴでは、消防士が命をかけて燃えさかるビルから猫を助けだそうとしている……〃
〃サンパウロでは、サッカーの試合中にスタンドが崩壊し、何百人ものファンが折り重なって死んでいく……〃
〃ピサでは、赤ちゃんがはじめて歩くのを見た母親がうれし泣きしている……〃
〈これらはみな、宇宙の六十秒間に、そのほかの無限のできごとと同時進行して起きることなんだ〉
ダナは思った。
〈そして、時は休むことなく秒を刻みつづけ、ついには、わたしたちをいずことも知らない永遠の世界に送りこむんだわ〉

ダナ・エバンスは二十七歳、すらりとした美人である。髪の毛は黒、背が高く、灰色の知的な目をしている。ハート型の顔。その温かみのある笑いはかならず周囲の人たちの笑いを誘う。大佐の娘であるダナは〝基地っ子〟だった。父親は武器使用法の専門教官で、基地から基地へ転勤をくりかえしていた。こんな環境がダナを冒険志向の女性に育てた。彼女は向こう見ずであると同時に繊細だった。この組み合わせが人を引きつける彼女の個性の源泉になっている。ダナがユーゴスラビア紛争の現地報告を担当した一年間、世界中の視聴者が、命もかえりみずに戦場に飛びこみ、起きているおぞましい事実を伝えるこの若い美女の情熱あふれる報道にくぎ付けになってきた。

いま、祖国に戻った彼女は、行く先々で人びとの視線を浴び、ひそひそ話に直面する。突然有名になってしまった自分にダナ・エバンスは当惑していた。

ペンシルベニア大通りを急ぐ彼女はホワイトハウスのまえで時計を見た。

〈約束の時間に遅れてしまうわ〉

ワシントン・トリビューン社は6番街の一ブロックを自社ビルだけで専有している。ビルは計四棟あり、ひとつは新聞印刷用に、もうひとつはスタッフのオフィス用に、三つめは役員用のタワーで、四つめはテレビ放送網『ワシントン・トリビューン・ネットワーク』〝WTN〟

ギーが伝わってくる。

部屋をのぞくと、コンピューターのモニターをにらみながら仕事をつづける職員たちのエネル

第4ビルの六階全部が〝WTN〟テレビのスタジオである。この階はいつも活気にあふれ、

の放送施設として使われている。

通信社に直結している受信機は世界中の最新ニュースをたえ間なく吐きだしている。この躍動する報道現場に足を踏み入れるたびに、ダナは新たな驚きと興奮をおぼえる。

彼女がジェフ・コナーズと出会ったのも、この報道現場でだった。メジャーリーグでピッチャーをしていたジェフは、かつてはオールスターにも選ばれたことがある一流の選手だった。しかし、スキーの怪我がもとで引退を余儀なくされ、現在はワシントン・トリビューン紙のスポーツコラムを担当するかたわら、WTNテレビのスポーツキャスターを務めている。三十代。背が高く、筋肉質で、ボーイッシュな風貌。明るく気どらない性格で誰からも好かれている。ジェフとダナはおたがいに恋に落ち、結婚のことも話す仲である。

彼女がサラエボから帰国してからのこの三か月のあいだに、ワシントンでは重大事案がとどこおりなく完了していた。ワシントン・トリビューン社のオーナーであるレズリー・スチュアートは社を完全に売りはらい、どこかに消えてしまった。株を買いとって新しいオーナーになったのは、国際メディア王のエリオット・クロムウェルである。クロムウェルはただちに会長の地位についた。

その朝のダナのミーティングの相手は、この新オーナーのエリオット・クロムウェルと、テレビ放送網〝WTN〟の社長、マット・ベーカーである。

ミーティングはちょうど始まるところだった。会場のオフィスにようやく着いた彼女は、社長のセクシーな秘書、アビー・ラズマンに迎えられた。

「みなさんがお待ちですよ」

「ありがとう、アビー」

ダナは奥のオフィスに入っていった。

「遅いじゃないか」

ダナは社長にいきなりぶちかまされた。

社長のマット・ベーカーは五十代になったばかりの背の低い白髪の男である。ぶっきらぼうでせわしないのは、その有能さゆえであり、のんびりしているのが嫌いな性格からきている。その日のベーカー社長のスーツは、オフィスで寝たかのようにしわが寄っていた。きっとそうにちがいないとダナは読んだ。マット・ベーカーは現在ワシントン・トリビューン社テレビ部門の経営者である。

エリオット・クロムウェルは六十代、開けっぴろげでフレンドリー。顔から笑みを絶やさない男である。億万長者であるが、彼が現在の巨万の富を築くに至ったサクセスストーリーには陰陽さまざまあり、彼の業績についても毀誉褒貶《きよほうへん》いろいろある。情報を拡散するのが仕事であるメディアビジネス界にあって、エリオット・クロムウェルの名が謎のままなのは皮肉というほかはない。

エリオット・クロムウェルがダナに顔を向けて言った。

「いまマットから聞いたんだが、またまたうちの局の勝ちらしいな。きみの番組の視聴率がどんどん上がっているそうじゃないか」

「うれしいです」

「わたしは毎晩五、六局のニュース番組を見ているけど、きみのはほかのとはひと味違うね。なぜなのか分からないけど、わたしはきみのやり方が好きだ」

ダナはその本当の理由をいまこの場でエリオット・クロムウェルに教えてやることもできた。ほかのニュースキャスターはカメラに向かってただニュースを読んでいるだけなのに対し、ダナは視聴者のひとりに語りかけているのだ。ダナはその方針で行くことを、番組がスタートするまえから決めていた。彼女がカメラに向かうとき、心のなかでは、ある夜は寂しい未亡人に向かって語りかけ、またある夜はベッドに寝たままの身寄りのない人に、また別の夜は家族から遠く離れたところで孤軍奮闘しているセールスマンに語りかけるのだ。だから、彼女の口から出る報告には個人同士の話のような親身さがあった。視聴者は彼女の流儀を愛し、それに反応した。

「今夜の番組にすごい客を迎えるそうじゃないか」

社長のマット・ベーカーが言った。ダナはうなずいた。

「ええ、ゲーリー・ウィンスロープが来ます」

ゲーリー・ウィンスロープは、王族のいない米国において魅惑の皇太子のような存在である。国で一番といっていいぐらい有名な家族の一員で、若くてハンサムなうえにカリスマ性があるから、本人が意図しないのに国民的人気がある。

「彼はマスコミ嫌いなのに、どうやってオーケーを取り付けたんだね？」

そう訊いたのは億万長者の会長クロムウェルである。

「わたしたち、共通の趣味を持っているんです」

ダナが教えた。クロムウェルのひたいにしわが寄った。

「ほう？」

「そうなんです」

ダナはにっこりした。

「わたしの趣味は絵の鑑賞。彼の趣味は絵画の蒐集です。わたしはモネやヴァン・ゴッホが大好きです。まじめな話、そのことで彼にインタビューしたことがあるんです。そのときに友達になりました。今夜の番組では、彼がまえにやった記者会見のニュースを流し、わたしのインタビューはそのフォローアップになると思うんです」

「それはすばらしい」

そう言って会長はにっこりした。

それから一時間ほど、三人は、つぎの企画として進めているニュース番組について協議した。新企画のニュース番組名は『犯罪商売』と決まっている。番組のなかで犯罪を調査して視聴者と一緒に考える企画である。そのプロデュースとキャスターをダナが担当する。企画にはふたつの狙い目がある。ひとつは過去の誤った判決や報道を正すこと、もうひとつは迷宮入りの犯罪を掘り起こし、その解決をさぐるというものである。

「似たような番組をほかの局でもいろいろやっているからな」

マット・ベーカー社長が念を押した。

「うちとしてはその上を行かなくてはならない。最初が肝心だ。なにかデカいのから行きたいな。視聴者をあっと言わせるようななにかデカいものを――」

内線通話のブザーが鳴り、マット・ベーカーがそれに応じた。

「つなぐなと言っておいたはずだぞ。なぜ――？」

秘書のアビーの声が内線通話用のスピーカーから響いてきた。

「申しわけありません。エバンスさんへの連絡なんです。息子さんの学校からです。急用らしいんですが」

マット・ベーカーはダナに目を向けて言った。

「1番に」

なんだろう、とダナは胸をドキドキさせながら受話器をとった。

「もしもし……ケマルになにかあったんですか？」

ダナはしばらく受話器に耳を傾けていた。

「分かりました……分かりました……はい、すぐそちらに参ります」

ダナが受話器を置くのを待って、マットが尋ねた。

「どうしたんだね？」

「ケマルを迎えにきてほしいって言うんです」

会長がひたいにしわを寄せた。

「ケマルというのは、きみがサラエボから連れてきた男の子だな？」

「ええ、そうです」

「大変だったねえ」

「ええ」

ダナはあまり話したくなさそうだった。

「たしか、空き家のなかにとり残されていたのをきみが見つけて世話をしたんだってね？」

「ええ、そうです」

「病気で動けなかったとか、そういうことだったのかな？」

「いいえ」

当時のことを話すのは気が重かったが、彼女はきっぱりした口調で言った。

「ケマルは爆弾で腕を吹き飛ばされて息もたえだえだったんです」

「きみはその少年を養子にしたんだってね？」

「いいえ、正式にはまだです、会長。でも、いずれはそうするつもりです。現在のわたしは彼の身元引受人です」

「まあ、今日のところはいいから、早く迎えにいってやりなさい。『犯罪商売』の話はまたこのつぎにしよう」


セオドア・ルーズベルト中学校に着くと、ダナはまっすぐ副校長室へ向かった。五十代にして総白髪、気むずかしそうな顔の女性副校長ベラ・コストフは机に向かって座っていた。机をはさんでケマルが座らされていた。

ケマルは現在十二歳、年齢のわりには背が低く、やせていて、顔色も悪い。縮れた金髪。ほほはこけている。右の腕はなく、その部分の袖がだらんとしている。ガランとした副校長室のなかで、彼の小さな体はよけい小さく見えた。

ダナが足を踏み入れたとき、副校長室には陰気な雰囲気が漂っていた。

「こんにちは、コストフ先生」

ダナは明るく言った。

「ケマル――」

ケマルはうつむいていた。

「なにか問題だとうかがいましたが？」

ダナが切りだした。

「ええ、問題なんです、エバンスさん」

副校長はダナに一枚の紙を手渡した。ダナが不思議そうに書面を見つめた。書面にはこう書かれていた。


ヴァッジャ、ピッダ、ゾスチ、フカッチ、ネザコンスキ　オトロック、ウメレ　チ、テペク

ダナは顔をあげた。

「さっぱり分かりませんけど。これはセルビア語ですよね？」

コストフ副校長はこわばった口調で言った。

「そのとおりです。でも、わたしがセルビア人だったのは、ケマルには不運でした。この子は

学校でこんな言葉をつかっていたんです」

副校長は顔を赤らめながらつづけた。

「セルビアのトラック運転手でもはばかるような汚ない言葉です、エバンスさん。こんな言葉が子供の口から出るなんて信じられません。ケマルはわたしのことを〝ピッダ〟って呼んだんですよ」

ダナは首をかしげた。

「〝ピッダ〟――?」

「ケマルはいままでにも素行にいろいろ問題はあったんですが、外国から来た移民であることを考慮して寛大に扱ってきたつもりです。でもケンカばかりして、今朝も彼を呼んで叱ったところ、わたしを〝ピッダ〟と呼んで侮辱したんです。あんまりです」

ダナは弁解した。

「新しい環境のなかでこの子がどんな困難に直面しているかお分かりいただけると思うんですが、コストフ先生。それで――」

「いまも言いましたけど、学校としては寛大に扱ってきたんです。なのに、ケマルはわたしの忍耐度を試すようなことをするんです」

「なるほど」

ダナがケマルに顔を向けると、彼はむくれた顔でまだうつむいていた。

「今回が最後だといいんですけどね」

コストフ副校長に言われて、ダナは立ちあがった。

「わたしもそう願っています」

「ケマルの評価表をお渡ししておきましょう」

副校長は引き出しを開けると、書面をとりだし、それをダナに渡した。

「ありがとうございます」


帰宅途中、ケマルは無言だった。

「どうしたらいいのかしら?」

ダナは途方に暮れていた。

「どうしていつもケンカばかりしているの? それに、どうしてそんな言葉をつかうの?」

「あの先生にセルビア語が分かるとは知らなかったんだ」

アパートに着いたところでダナが言った。

「わたしは局に戻らなければならないの。あなたひとりで大丈夫よね、ケマル?」

「ワード」

ケマルがはじめてその言葉を口にしたとき、ダナは、彼が話を理解できなくて言っているのかと思った。しかし、すぐ違うことが分かった。子供たちがつかっている隠語だった。〝ワード〟は〝肯定〟の意味で、〝ファト〟は〝かわいくて魅力的な異性〟の意味である。ことほどさように、すべてがひと言で片づけられる。〝クール〟、〝スウィート〟、〝タイト〟、〝ラッド〟、〝オーサム〟、といったぐあいである。ただし、これらは差異はあるが、感動をともなう褒め言葉。気に入らないことがあれば、それはすべて〝サックト〟で片づけられる。

ダナは副校長からもらった評価表に目を通した。彼女の口がへの字に結ばれていった。「歴史」D。「英語」D。「科学」D。「社会科」F。「数学」A。評価表を見ながらダナは声に出さずに言った。

〈まあ、どうしたらいいんでしょう⁉〉

「別の機会に話しましょう」

彼女はつぶやいた。

「早く行かないと遅刻するわ」

ダナにとってケマルは謎だった。ふたりだけでいるときのケマルはとてもおとなしくていい子だ。思いやりもあるし、可愛げもある。

ダナとジェフのふたりは彼のために週末のワシントンを遊園地に変えてやる。《ナショナル動物園》内を歩けば、パンダなど野性の動物がたくさん見られる。《ナショナル航空宇宙博物館》へ行けば、ライト兄弟の飛行機が天井からぶら下がっている。《スカイラブ・キャビン》をぶらついたときは、月ロケットを触った。連れだってケネディセンターや、アリーナステージにも行った。《トムトム》ではピザの味を、《メキシテック》ではタコスの食べ方を、《ジョージア・ブラウンズ》では南部風フライドチキンの味を教えた。ケマルはといえば、その一瞬一瞬を夢中で楽しんでいた。彼はダナとジェフと一緒にいるのが大好きだった。

しかし……ダナが仕事に出かけてしまうと、ケマルはまるで別人になる。敵意をむき出しにして、なにに対しても反抗的になる。だから、ダナとしては留守を家政婦にまかせるわけにはいかなかった。ケマルをベビーシッターに預けたこともあったが、ベビーシッターたちがあとでこぼす話を聞いていると怖くなるぐらいだった。

ジェフとダナは彼によく言ってきかせるのだが、効果がなかった。

〈誰か専門家に相談しなきゃダメかしら?〉

ケマルが恐怖にとりつかれてどれほど苦しんでいたか、そのときのダナには知るよしもなかった。

WTNテレビの夜のニュースがはじまっていた。ダナをサポートするもうひとりのキャスター、リチャード・メルトンと、スポーツキャスターのジェフ・コナーズがダナの両どなりに座っている。

ダナが例の調子で視聴者に語りかけている。

「……それでは外国からのニュースに移ります。狂牛病に関して、フランスと英国がまだ角突き合わせをやっているようです。フランスのレイムからルネ・リノがお伝えします」

コントロールブースでは、ディレクターのアナスタシア・マンが合図する。

「現地に切り替え！」

フランスの農村風景がテレビ画面に映しだされる。

そのとき、スタジオのドアが開き、男性の一団が入ってきた。彼らはズカズカとキャスターのデスクに近寄った。

みんなが顔をあげた。この番組の若くて野心的なプロデューサー、トム・ホーキンスがダナに呼びかけた。

「ダナ、こちらはゲーリー・ウィンスロープさん。知ってるね？」

「もちろんよ」

じかに見るゲーリー・ウィンスロープは写真で見るよりもハンサムである。明るい青い目をした彼はいま四十代。顔に温かみのある笑みをたたえて周囲を魅了する。

「また会いましたね、ダナ。お招きいただいてありがとう」

「こちらこそ。お越しいただいて感謝します」

ダナは周囲をぐるっと見まわした。関係のないはずの女性秘書たちがあちこちの部署から勝手な理由をつけて集まっていた。

〈ゲーリー・ウィンスロープという人はいつもこういう女の子たちに囲まれているんだわ〉

ダナはその現象をおもしろがった。

「あなたの出番はもうすぐよ。まずおかけにならない？　どうぞわたしの横に来てください。こちらはリチャード・メルトン」

ふたりの男性は握手を交わした。

「こちら、ジェフ・コナーズ。ご存じでしょ？」

「もちろん、知ってますよ。あんたはこんなところで能書きを垂れていないでグラウンドでピッチングしたほうがいいんじゃないのか、ジェフ？」

「できたらそうしたいよ」

ジェフは情けなさそうに言った。

フランスからの中継は終わり、画面がコマーシャルに替わった。ゲーリー・ウィンスロープは腰をおろしてコマーシャルが終わるのを見守った。コントロールブースからディレクターのアナスタシア・マン嬢が指令を発した。

「スタンバイ。テープ開始五秒まえ」

彼女は人さし指で数をかぞえはじめた。

「……スリー……トゥー……ワン……」

モニター画面がジョージタウン美術館の外観を映しだした。冷たい風が吹くなか、マイクを手にしたコメンテーターがカメラに向かって語りかけていた。

「わたしたちはいまジョージタウン美術館のまえに来ています。現在、美術館のなかでは、ゲーリー・ウィンスロープ氏が五〇〇〇万ドルを美術館に寄贈する式典に出席しておられます。それではさっそく中に入ってみましょう」

画面は広い美術館内部に替わった。ワシントン市のお歴々やテレビリポーターたちがゲーリー・ウィンスロープを囲んでいる。美術館長のモーガン・オーマンドが大きな額縁を返礼としてゲーリー・ウィンスロープに渡すところだった。

「ミスター・ウィンスロープ、美術館および、ここで作品を鑑賞する大勢のみなさん、ならびに理事会を代表してお礼を申し上げます。これほどたくさんのご寄付をいただき、感謝にたえません」

カメラのフラッシュがいっせいに焚かれた。

ゲーリー・ウィンスロープが答えた。

「わたしのこのささやかな寄付で、若いアメリカの画家たちに自分を表現するチャンスが増え、ひいては、その才能が世界に認められることを期待します」

集まった人たちから拍手が沸いた。

画面のコメンテーターがスタジオのダナに向かって語りかけた。

「ジョージタウン美術館からビル・トーランドがお伝えしました。スタジオのダナに返します」

カメラの赤いランプが点灯した。

「ありがとう、ビル。さいわい、今夜はここにゲーリー・ウィンスロープさんをお招きしています。この莫大な寄付の目的について、もっとくわしく話していただくためです」

カメラがうしろに下がり、スタジオが広く映しだされると、ゲーリー・ウィンスロープの姿が画面のなかに現われた。

ダナが言った。

「この五〇〇〇万ドルの寄付は美術館が作品を買うために使われるんでしょうか、ウィンスロープさん?」

「いいえ。この寄付は美術館の新しい棟を増築するために使われます。いままでスペースがなくて陳列されなかったアメリカの若い画家たちの作品がこれでみんなの目にふれることになります。また、寄付金の一部は市内の才能ある学生たちの奨学金にもまわされます。美術に無関心のまま成長する若者が増えています。フランス印象派のことだけでなく、アメリカにもサージェントとか、ホーマーとか、レミントンとかいった才能ある画家たちがいたことを若い人たちに知ってもらいたいんです。ですから、この寄付金は、若い画家たちの才能を伸ばすためと、すべての若い人たちに美術にもっと興味を持ってもらうために使われることになります」

感心しきった顔のダナが言った。

「上院議員選に立候補されるといううわさがありますが、それは本当ですか?」

ゲーリー・ウィンスロープはにっこりした。

「どちらとも言えません。いま水温を試しているところです」

「脈がありそうですね。一般予想の結果をみると、あなたはダントツで、うわさされるほかの人たちをリードしていますよ」

ゲーリー・ウィンスロープはうなずいた。

「わたしの一家は何世代もまえから公務に携わってきました。もし、わたしの力で国に貢献できるものがあるなら、どんなことでも喜んでするつもりです」

「今日はお忙しいところ、おいでいただいてありがとうございました、ミスター・ウィンスロープ」

「こちらこそ、どうもありがとう」

コマーシャルで番組が中断しているあいだに、ゲーリー・ウィンスロープは皆にさよならを言ってスタジオを出ていった。ダナのとなりに座っていたジェフ・コナーズが言った。

「議会に彼みたいな人間がもっと増えたらいいのにね」

「そう願うわ」

「ウィンスロープのクローン人間をたくさん造ったらどうだろう。ところで、ケマルはどうしてる？」

ダナは顔をしかめた。

「ジェフ――クローン人間とケマルの話を同時にしないでちょうだい。わけが分からなくなる」

「今朝の学校でのゴタゴタは解決したのかい？」

「ええ、今朝の分はね。でも、また明日が――」

ディレクターのアナスタシア・マンが声をあげた。

「本番三秒まえ……二秒まえ……一秒まえ……」

赤いライトが灯り、ダナはテロップに目を向けた。

「それでは、ジェフ・コナーズがお伝えするスポーツの時間です」

ジェフがカメラをのぞきこんだ。

「まずNBAの結果から。ワシントン・ビュレッツは〝大魔術師〟のマーリンが欠場したため、その穴を埋めようとファン・ハワードが彼なりのマジックシュートを放とうとしたところが……」

午前二時。高級住宅が建ち並ぶワシントンの北西部にあるゲーリー・ウィンスロープの私邸。ふたりの男が居間の壁から絵をはずしている。ひとりの男はローン・レンジャーのマスクをかぶり、もうひとりの男はキャプテン・ミッドナイトのマスクをかぶっている。ふたりとも急いだ様子はない。のんびりした手つきで額から絵を切りとっては、その略奪物を麻袋に投げこんでいる。ローン・レンジャーの男が相棒に尋ねた。

「今度パトロールが来るのは何時だっけ？」

相棒のキャプテン・ミッドナイトが答えた。

「四時」

「時間厳守っていうのは、おれたちにはありがてえよな」

「まったくだ」

キャプテン・ミッドナイトは額から絵を切りとると、それをカシ材の床にほうり投げた。ドサッと大きな音がした。ふたりの男は手を止めて耳を傾けた。家の中からはなんの音も聞こえてこなかった。

ローン・レンジャーの男が言った。

「もう一枚やってみろ。もっと騒がしくやるんだ」

相棒はもう一枚絵をはがし、それをさっきより強く床にたたきつけた。

「これでどうだ⁉」

二階の寝室で寝ていたゲーリー・ウィンスロープは、階下の騒音で目を覚ました。

上半身を起こした彼は夢うつつだった。なにか音がしたのか？　それとも夢だったのだろうか？　彼は耳を澄ました。音はなにも聞こえなかった。おぼつかないまま、ウィンスロープは立ちあがり、廊下に出て照明のスイッチを入れた。廊下の明かりはつかなかった。

「ハロー。誰かいるのか？」

答えはなかった。ゲーリー・ウィンスロープは階下の廊下を歩き、居間のドアのところまで来て足を止めた。

見知らぬふたりの男の姿に、彼は自分の目を疑った。

「ここでなにをやっているんだ、きみたちは⁉」

ローン・レンジャーがふり向いて言った。

「よう、ゲーリー、起こして悪かったな。まあここで眠れ！」

男の手からサイレンサー付きのベレッタが現われた。男は引き金を二回引いた。ゲーリー・ウィンスロープの胸が破裂して血がどっと噴きだした。ウィンスロープが床に倒れるのをふたりの男たちは黙って見守った。それから満足げに、落ちついた手つきで絵画の切り取りをつづけた。

第二章

ダナ・エバンスは、鳴りつづける電話の音でたたき起こされた。重い体をやっと起こし、寝ぼけまなこでベッドの横の時計を見ると、朝の五時だった。彼女は受話器をとった。

「ハロー?」

「ダナ……」

「社長?」

「スタジオにすぐ来てもらいたい」

「なにがあったんですか?」

「こっちに来たときに教える」

「すぐ行きます」

十五分後、あわてて着替えたダナがとなりのアパートに住むワートン家のドアをノックしていた。ローブ姿のドロシー・ワートンがドアを開けた。ドロシーはダナを見て目を丸くした。

「どうしたの、ダナ?」

「悪いんだけどドロシー、お願いがあるの。いまスタジオから緊急の呼び出しがかかっちゃって。学校に行くまでケマルをお願いできないかしら?」

「いいわよ、もちろん。喜んで」

「ありがとう、助かるわ。学校には七時四十五分に着くように送りだしてちょうだい。そのまえに朝食を食べさせてやってくれる?」

「心配しないで任せておいて。さあ、行ってらっしゃいよ」

「ありがとう」

ダナは心から礼を言った。

社長秘書のアビー・ラズマンがすでにオフィスに来ていた。眠そうな目で彼女が言った。

「社長がお待ちです」

ダナは社長室に入っていった。

「悪い知らせだ」

ダナを見るなり、マット・ベーカーが言った。

「今朝早くゲーリー・ウィンスロープが殺された」

ダナは文字どおり腰を抜かして椅子のなかに崩れた。

「誰が――どうしたですって？」

「彼の家に強盗が押し入ったらしい。強盗と争って殺されたんだ」

「まさか！　あんなすばらしい人が！」

ダナの脳裏にハンサムなゲーリー・ウィンスロープの温かい笑みがよぎった。彼は誰に対しても気さくで、愛すべき慈善家だった。ダナは気分が悪くなった。

社長は信じられないといった表情で首を横にふった。

「これが――五番目の悲劇ということになる。なんということだ！」

ダナがけげんそうに首をかしげた。

「五番目の悲劇ってどういうことですか？」

マット・ベーカーは驚いた顔で彼女を見たが、すぐに事情を理解した。

「無理もない。きみはサラエボにいたんだから。去年ウィンスロープ家に起きたことが、戦争さなかの現地のニュースになるわけないものな。でも、タイラー・ウィンスロープのことは知っているだろう？　ゲーリーのおやじさんだ」

「駐ロシア大使だった方でしょ？　ご夫妻が去年火災で亡くなられたとか」

「そのとおり。その二か月後に長男のポールが自動車事故で死に、さらにその六週間後に娘のジュリーがスキーの事故で死んだんだ」

マットはそこでひと息ついてから言った。

「それに今朝のゲーリー。一家の最後の生き残りが死んだというわけだ」

あまりのことに、ダナはショックで口がきけなかった。

「なあ、ダナ。ウィンスロープ家はわが国の伝説だ。もしこの国に王家があるとしたら、冠をかぶるのは間違いなく彼らだ。あの一家は〝カリスマ〟というものを打ち立てた。政界への影響力と、その慈善事業で世界中に知られている。ゲーリーは父親のあとを継いで上院議員に立候補するつもりだったらしい。彼なら間違いなく当選しただろう。みんなに好かれていたからな。その彼があっという間にいなくなってしまった。一年足らずのあいだに、世界でもっとも傑出した一家がこれで根絶やしにされたわけだ」

「わたし——なんて言っていいのか——」

「なにを言ったらいいのか考えておいたほうがいいな」

社長がビジネスライクに言った。

「あと二十分できみの放送がはじまる」


ゲーリー・ウィンスロープ殺害のニュースは、ショックの電波を世界中に発することとなった。コメントする政界のリーダーたちの姿が世界中のテレビ画面に流れた。

「まるでギリシャ悲劇のような……」

「本当だとはとても思えない事件……」

「運命の皮肉なめぐり合わせか……」

「世界にとって大きな損失……」

「高潔にして頭脳明晰な一家全員が……」

ちまたの話題はゲーリー・ウィンスロープ殺害のニュースで持ちきりだった。悲しみの波が国じゅうを洗った。ゲーリー・ウィンスロープの死は、そのまえに一家に起きた三件の事故死の記憶を呼び覚ました。


「こんなことってありえる？」

番組を終えたところでダナがジェフにつぶやいた。

「一家の誰もが尊敬に値するすばらしい人たちだったのよ」

「そのとおり。ゲーリーは真にスポーツを愛し、頼りになるサポーターだった」

ジェフは首を横に振りながらつづけた。

「あれほどの人物がチンピラ強盗ふたりに殺されてしまうなんて、やりきれないな」


つぎの朝、スタジオに向かう車のなかでジェフが言った。

「ああ、それから——レイチェルが街に来ているんだ」

〈〝ああ、それから〟ですって？　そんな重大なことを、ちょっと気軽すぎない⁉〉

ダナは少しムッとした。

トップモデルであるレイチェル・スティーブンスはジェフの先妻である。彼女の写真をテレビコマーシャルや雑誌の表紙でダナはいやというほど見せつけられてきた。同じ女性でありながら、どうして彼女はあれほどまでに美しいのだろう。

〈でも、きっとオツムはからっぽなんでしょう〉

ダナはいつもそう思って自分を慰めていた。

〈とはいえ、あれだけの顔とスタイルをしていたら、脳ミソなんてなくても世の中を渡ってい

けるわよね〉

ダナはふたりのことをジェフに問いただしたことがある。

「結婚はどうだったの？」

「はじめは楽しかったけどね」

そのときジェフが告白した。

「レイチェルはとても献身的でね。野球が嫌いなくせに、よくおれの試合を観にきてくれたものさ。それに、おれたちには共通点がいっぱいあった」

〈そうでしょうとも〉

「あんな仕事をしているけど、彼女はぜんぜんスレていなくて純情なんだ。料理が得意でね。モデル同士でロケがあるときは、彼女が料理をつくって仲間に食べさせてやるらしい」

〈競争に勝つにはそれが一番よね。食べさせてもらうんじゃ、ほかの子に勝ち目はないでしょう〉

「なんだって？」

「いえ、べつになんでも――」

「とにかく、おれたちは五年間夫婦だった」

「それでどうなったの？」

「レイチェルは売れっ子だった。いつもスケジュールにひっぱり回されていた。世界中からお呼びがかかってね。イタリア……英国……ジャマイカ……タイ……日本……彼女が行かない場所はないくらいだった。おれの方はおれの方で、試合で国じゅうを移動していた。いわゆる〝すれ違い〟っていうやつだよ。そのうち、ふたりのあいだの魔法もだんだん消えていったというわけさ」

子供好きのジェフに、浴びせられて当然の質問がダナの口から出た。

「どうして子供をつくらなかったの?」

ジェフは口を曲げて笑った。

「子供ができると体の線が崩れるからな。モデルとしてはうまくないんだよ。そうこうしているうちに、ハリウッドの若手監督のロデリック・マーシャルからお呼びがかかったんだ。レイチェルは喜んでハリウッドに出向いたよ」

ジェフは言おうかどうか迷った末につづけた。

「一週間後におれに電話してきて、離婚したいと言うんだ。一緒にいる時間が少なすぎるって理由でね。おれは同意せざるをえなかった。彼女の望みどおりに離婚してやったよ。おれが肩を壊したのはそのすぐあとだった」

「それであなたはスポーツキャスターになったというわけね? レイチェルのほうはどうなったの? 映画界では成功しなかったんじゃない?」

ジェフは首を横にふった。

「映画は彼女の性に合わなかったらしい。でも、彼女は元気にやってるよ」

「それであなたたちはまだ友達づき合いをしてるのね？」

「いまはたんなる友達さ」

そう聞いて、そのときは納得したダナだったが、いま車のなかで、また同じ質問をくり返したくなった。

「あなたたち、まだつき合っているの？」

同じ質問でも、今回は意味深長だった。

「ああ、そうだよ。彼女が電話してきたとき、きみのことを話しておいたよ。そしたら、彼女はきみに会いたいと言っていた」

ダナは顔をしかめた。

「ジェフ、わたしはちょっと——」

「彼女は性格がいいから心配はいらないよ。明日でもランチを一緒にしようじゃないか。きみもきっと気に入るさ」

「それはそうでしょうけど」

ダナは調子を合わせた。

〈会ったって時間の無駄よ〉

ダナは気が進まなかった。

〈オツムがからっぽの人と話すのは、わたし苦手なの〉

〝オツムからっぽ〟女性は、ダナが恐れていたよりもさらにもっと美しかった。レイチェル・スティーブンスは細身で背が高く、その長いブロンドの髪までもが輝いて見えた。日焼けした肌はすべすべしていてシミひとつなく、顔だちのよさはドキッとするほどだった。ダナはひと目見て彼女を嫌った。

「ダナ、こちらがレイチェル・スティーブンス」

紹介されてダナは思った。

〈〝レイチェル、こちらはダナ・エバンス〟が本当じゃないの？〉

レイチェル・スティーブンスが話していた。

「……サラエボからのあなたの報告を、わたし、時間があるときはいつも見ていました。生々しくて、あなたの心の痛みがとてもよく伝わってきました……」

〈まじめな称賛には、それなりの説明を交えてまじめに応じなくちゃ〉

「ありがとう」

ダナはうわの空で答えた。

「昼食をどこで食べようか？」

ジェフがどちらにともなく訊いた。すぐ反応したのはレイチェルだった。

「いいレストランがあるわよ。《ストレーツ・オブ・マラヤ》っていうんだけど、デュポンサークルのほんの二ブロック先よ」

それから彼女はダナに顔を向けて言った。

「タイ料理はお好きですか？」

〈うんとわざとらしく言ってやれ〉

「ええ、だあい好き」

ジェフはにっこりした。

「よし、それにしよう」

レイチェルが言った。

「ここからほんの数ブロックだから、歩きましょうか」

〈こんな凍るような天気なのに？〉

「それもいいわね」

ダナはおもしろがって答えた。

〈きっとこの人は雪の上を裸で歩くのにも慣れているんでしょうから〉

三人はデュポンサークルへ向かった。ダナは自分だけが醜く感じられて、その意識が秒を追うごとに深まっていった。

〈こんなアホくさい招待に応じたわたしがバカだったんだ〉

レストランはあいにく満員だった。テーブル待ちの客たちが十人もバーで時間をつぶしていた。タイ人の店長があわてて出てきた。

「三人だけど」

ジェフが言った。

「予約はございますか？」

「いや、予約しなかったんだけど――」

「申しわけございませんが――」

店長は、ジェフが誰であるかに気づいた。

「ミスター・コナーズ？　お会いできて光栄です」

それから店長はダナに顔を向けた。

「ミス・エバンス、わたしどもの店へようこそ」

店長はちょっと顔をしかめた。

「少しお待ちいただくかもしれません」

店長はレイチェルがいるのに気づいて、顔をパッと輝かせた。

「ミス・スティーブンス！　中国でお仕事をされているって新聞記事で読みましたけど？」

「ええ、行って帰ってきたところよ、ソムチャイ」

「それはそれは、ようこそ!」

店長はダナとジェフのほうに向きなおった。

「席をすぐ用意しましょう」

店長は三人を店内のいちばんいいテーブルに案内した。

〈気に入らないわ〉

ダナはますます気を滅入らせた。

〈いやみな女〉

席に着くなりジェフが言った。

「元気そうじゃないか、レイチェル。いま何やっているのか知らないけど、いまの仕事が合ってるんじゃないのか」

〈なにか怪しいことでもやってるんじゃないの〉

「ずっと旅行していたの。しばらくはのんびりやろうと思ってね」

レイチェルはジェフの目をのぞき込んでつづけた。

「あの夜のことを覚えてる?　あなたとわたしが――」

ダナは思わずメニューから顔をあげた。

「〝ウダンゴレン〟ってなんの料理?」

レイチェルがダナのほうを見て答えた。

「ココナッツミルクで煮た小エビ。ここのはお勧めよ」

それから彼女はジェフに向きなおった。

「わたしとあなたが、ああしようと決めた夜よ。それからすぐ――」

「〝ラクサ〟ってなにかしら?」

しつこいダナの質問に、レイチェルは辛抱強く答えた。

「からいヌードルスープです」

それからまたジェフに向きなおった。

「あなたが言い張ったのは――」

「〝ポーピア〟って?」

レイチェルはダナに顔を向けてやさしく言った。

「野菜と一緒に炒めた〝ジカマ〟よ」

「ああ、そうなの」

〝ジカマ〟が何なのか、それが知りたかったが、ダナは訊かないことにした。

昼食会が進み、時間が経つにつれ、レイチェルに好感を持つ自分がダナには驚きだった。彼女はとてもいい性格をしていた。世界的な美女ともなると、だいたいはナルシストで自分のルックスを意識しすぎているものだが、レイチェルはまったく違っていた。頭もよさそうで、言葉づかいもはっきりしている。ランチを注文したとき、ウエイターにタイ語でペラペラとやったが、これ見よがしなところはぜんぜんなかった。

〈これほどの人とジェフはどうして別れたのかしら?〉

ダナはむしろ不思議だった。

「ワシントンにはいつまでいらっしゃるの?」

ダナが訊いた。

「明日発たなければならないんです」

「今回はどこに向かって発つんだい?」

ジェフに訊かれて、レイチェルはためらった。

「ハワイなんだけど。でも、なんだか最近とっても疲れて、あまり気乗りがしないのよ、ジェフ。今回はキャンセルしようかと思っているぐらい」

「まさかキャンセルなんかしないだろ?」

ジェフが心配して訊いた。レイチェルはため息をついた。

「まあ、それはしないつもりだけど」

「それで、いつ戻るんですか?」

そう訊いたダナをレイチェルはしばらく見つめてから、小さな声で言った。

「ワシントンにはもう戻ってこないつもりよ、ダナ。ジェフとお幸せに」

彼女の言葉にはなにか言い足らなそうな雰囲気があった。

昼食を終えて外に出てから、ダナが言った。

「わたし、仕事があるので、ここで失礼するわ。あとはあなたたちふたりだけで——」

レイチェルはダナの手をとってにぎった。

「お会いできてよかった」

「わたしこそお会いできてよかった」

自分が心から言っているのにダナはびっくりしていた。

ダナは、立ち去っていくジェフとレイチェルを見送った。

〈お似合いのふたりなのに〉

十二月はじめのワシントンでは、ホリデーシーズンに向けての飾りつけがはじまっていた。首都の街路はクリスマスのランプで飾られ、街の角々には救世軍のサンタクロースが立ち、募金集めのベルを鳴らしている。冷たい風の吹きやまない歩道は買い物客たちでいっぱいだ。

〈いよいよこういう季節になったのね〉

ダナは周囲を見て思った。

〈わたしも遅くならないうちに買い物をすませておかなくちゃ〉

ダナは贈りものをする人たちを頭のなかでリストアップしてみた。母親に、ケマルに、社長のマット。それからもちろん、すてきなジェフに。ダナは衝動的にタクシーをつかまえ、市内でも大きなデパートの《ヘクツ》に向かった。デパート内は、人を押しのけてもクリスマスを祝いたい買い物客であふれ返っていた。

ショッピングを終えたダナは、買った物を置くために、いったん自分のアパートに戻った。静かな住宅街のカルバート通りにある、家具付きのしゃれたアパートだ。寝室はひとつだけで、それに居間と、キッチンと、バスルームと、書斎があり、書斎はケマルが寝室に使っている。

ダナは買い物の包みをクローゼットにしまい、幸せな気分でせまいアパートを見まわした。

〈ジェフと結婚したら、もっと広いところに引っ越そう〉

スタジオに戻ろうと玄関ドアに手をかけようとしたとき、電話のベルが鳴った。

〈変なことを考えるから邪魔が入るんだわ〉

ダナは受話器をとった。

「ハロー?」

「ダナ、ダーリン?」

電話をかけてきたのは母親だった。

「お母さん、こんにちは。いまちょうど出ようとしたところ――」

「昨日の夜は友達と一緒にあなたの番組を見ていたんだけどね。とってもよかったわよ」

「ありがとう」

「でもね、ちょっと工夫すればもっとよくなることに気づいたのよ」

ダナはため息をついた。

「ちょっと工夫すればって?」

「そうよ。あなたが扱う話題は暗い話ばかりでしょ。もう少し明るい話題をまぜたらいいと思うの。どう?」

「そうね。できるだけやってみるわ、お母さん」

「そのほうがいいに決まっているわよ。ところで、今月、足りなくて家計が苦しいの。少しまた援助してもらえないかしら?」

ダナの父親はずっと昔に家出してしまっていた。やがてラスベガスに移り住んだダナの母親はつねに現金に飢えるようになった。ダナは一定額を毎月母親に仕送りしていたが、母親はそれで満足したためしがなかった。

「ギャンブルでもやっているの、お母さん?」

「そんなことしないわよ、もちろん」

ダナの母親は怒ったように言った。

「ここは物価が高いのよ。ああ、それから、今度いつこっちに来られる? 来るときはキンバルを連れてらっしゃいね。わたしも見てみたいから」

「あの子の名前はキンバルじゃなくてケマルよ、お母さん。でも、しばらくは行けそうにないわ」

電話の向こう側からためらうムードが伝わってきた。

「しばらく来られないですって？　わたしの友達はみんな言っているわよ、あなたはいい仕事に就けて、ツイてるって。一日、一時間か二時間しか働かなくていいんでしょ？」

ダナは逆らわずに答えた。

「たしかにわたしはラッキーよ」

ダナは毎朝九時にスタジオに入り、一日のほとんどを国際電話でのやりとりに費やす。世界の主要都市からニュースを得るためである。そのほかの時間は、ニュースをまとめたり、放送の順番を決めたりする打ち合わせにつかわれる。彼女の放送は毎晩二回ある。

「楽な仕事が見つかってよかったわね、ダーリン」

「まあね」

「そんなに遅くならないうちに会いにいらっしゃいね」

「ええ、そうするわ」

「その男の子にわたしも早く会いたいわ」

〈それはケマルにとってもいいことだわ〉

ダナは思った。

〈おばあちゃまができるんですもの。それに、ジェフとわたしが結婚すれば、ケマルは完全な

家族を持てることになる〉

ダナは廊下に出たところで、ワートン夫人とばったり顔を合わせた。

「このあいだはご迷惑をかけました。ケマルの面倒を見ていただいて、本当にありがとう、ドロシー」

「いいのよ、気にしなくて」

明るくて人のいい中年のカナダ人夫妻ドロシー・ワートンとその夫ハワードが現在のアパートに引っ越してきたのは一年まえだった。ハワード・ワートンは技術者で、その専門は記念建造物の修繕である。

ある夜、夕食をとりながら、彼はダナに自分の仕事についてこう説明していた。

「わたしの技術を活かすのにワシントンほど適した都会は世界中にないね。これほど次から次と仕事が舞い込むところがどこにあるって言うんですか?」

彼はそう言っておいて、自分で答えた。

「うん、どこにもないね」

「ハワードもわたしもワシントンがとても気に入っているの」

ワートン夫人が口をそろえた。

「もうここから離れられないわ」

打ち合わせを終えたダナが自分のオフィスに戻ると、『ワシントン・トリビューン』紙の最新版が机の上に載っていた。一面はウィンスロープ家の写真や記事で埋めつくされている。ダナは写真をじっと見つづけた。見ているうちに心臓がドキドキしてきた。

〈この家族五人全員が一年のあいだに死ぬなんて。絶対におかしい！〉

ワシントン・トリビューン社の役員専用タワーに敷かれている個人用電話のベルが鳴った。

「……」

「連中は指示を待ってるんですけど。絵はどういうふうに処分したらいいんですかね？」

「燃やす」

「全部ですかい？　どれも数百万ドルはする作品ですぜ」

「完璧を期してぜんぶ燃やす。それが上からの指示だから」

ダナの助手のオリビア・ワトキンスが内線通話で連絡してきた。

「3番に電話です。今日すでに二回電話してきている男の人からです」

「誰なの、オリビア?」

「ヘンリーさんという方です」

トーマス・ヘンリーは、ケマルが通っている中学の校長である。

ダナは手の甲でひたいをぬぐった。いまにも頭痛がはじまりそうだった。彼女は受話器をとりあげて明るく言った。

「こんにちは、ミスター・ヘンリー」

「こんにちは、ミス・エバンス。わたしのところまでお越しいただけるかな?」

「ええ、けっこうです。一、二時間したらわたしは——」

「できるなら、いますぐにしていただきたいんだが」

「すぐ参ります」

第三章

ケマルにとって学校は耐えがたい苦難を強いる場所だった。級友の誰よりも背が低い彼は、女生徒をも含めてクラスでいちばん小さいという事実に深刻なコンプレックスを持っていた。あだ名も〝チビ〟〝シュリンプ〟〝ざこ〟といったぐあいである。勉強に関して言えば、ケマルの唯一の興味は数学とコンピューターで、当然その科目の成績だけはクラスで一番だった。放課後のチェスクラブでいつも最後まで勝ち残るのはケマルだった。サッカーが得意だった彼だが、学校の代表チームに入ろうと思ってトライしたところ、彼のからっぽの袖を見たコーチにこう言われてしまった。

「悪いけど、きみは使えない」

辛辣な言い方をされたわけではなかったが、彼にとっては立ち直れないような一撃になった。

ケマルの天敵はリッキー・アンダーウッドという名の悪ガキである。昼食どきになると、生徒の何人かはカフェテリアに行かずに、塀で囲われた中庭でランチを食べる。リッキー・アンダーウッドはケマルがやってくるのを待って、わざと彼の横に座る。

「よう、みなしご、おまえのクソ継母《ままはは》はおまえをいつ生まれ故郷に送り返すんだ?」

ケマルは彼を無視した。

「聞こえないのか、アホ?　いつまでもここにいられると思ってんじゃねえだろうな?　あのクソババアがどうしておまえをここに連れてきたかはバレバレなんだぞ、ラクダヤロー。有名な戦争解説者だからな、おまえの継母は。死に損ないを救ってやりゃあ、かっこつけられるもんな」

「ファック　ユー!」

ケマルはそう叫ぶなり、リッキーに飛びかかる。リッキーのこぶしがケマルの腹と顔にめりこむ。ケマルは苦痛で顔をゆがめ、地面に転げる。リッキー・アンダーウッドは得意げに言う。

「もっとやりたかったら、いつでも言えよ。それも早くしたほうがいいぞ。おれの聞いたところによると、おまえがここにいられるのも長いことないそうだからな」

ケマルは疑念の苦悩をかかえることになる。リッキー・アンダーウッドに言われたことなど気にしないつもりでも、それでも……もし本当だったら、どうしよう、と。

〈もしリッキーの言うとおり、ダナがぼくを送り返すつもりだったらどうしよう?〉

ケマルは冷静になって考えてみる。

〈ダナのような恵まれた人がぼくみたいな人間を拾ってくれるなんて、それを本気にするぼくのほうがきっとおかしいんだ〉


ケマルは、両親や姉がサラエボで殺されたあのとき以来、自分の人生は終わったものとあきらめていた。当時彼は、パリ郊外にある孤児院に送られていた。孤児院の生活は悪夢そのものだった。

毎週金曜日の午後二時になると、少年少女たちは一列に並ばされ、やってくる里親候補の大人たちに吟味される。だから、金曜日が来るたびに、子供たちの興奮と緊張は耐えられないほどのレベルに達する。子供たちは顔をきれいに洗い、いちばんいい服を着て並ぶ。里親候補たちがその列のまえを通りすぎていくとき、子供たちひとりひとりは、自分が選ばれますようにと胸のなかで祈る。

ケマルを見る里親候補たちは、夫婦のあいだで決まってこうささやく。

「見て、あの子、片腕しかないわ」

ケマルを選ぶ里親などいるはずがなかった。

毎週同じ結果だったにもかかわらず、ケマルは希望を捨てずに列に並んだ。だが、選ばれるのはいつもほかの子供たちだった。みんなと一緒に並んで立っているのに無視されつづけるのは屈辱だった。

〈選ばれるのはいつもほかの子たちだ〉

ケマルは絶望した。

〈ぼくを選んでくれる人なんかいない〉

ケマルは家族の一員になりたくて必死だった。そうなるために、思いつくことをなんでもした。ある金曜日は、里親候補に向かって、自分がいい子であることを示すためににっこりほほえんだこともある。つぎの週は別のパターンを試みた。選ばれることに興味などないと言わんばかりに、なにかやっているふりをしてその逆効果を狙った。またあるときは、家に連れ帰ってくれと請いねがうような眼差しを里親候補たちに送った。しかし、来る週も来る週も、すてきな家庭に引きとられて幸せになるのはいつも別の子だった。

彼の不運のすべてを奇跡のように変えたのはダナだった。サラエボの街頭で浮浪児としてさまよっていた彼を最初に見つけたアメリカ人の女性記者である。赤十字の手で孤児院に移されてから、ケマルはダナに手紙を書いてみた。驚いたことに、ダナから孤児院に電話があり、ケマルを引きとってアメリカに連れて帰りたいと言ってきた。ケマルの人生でいちばん幸せな瞬間だった。夢でしかありえなかったことが現実になったのだ。

しかもその現実は、想像をはるかに超えて喜びに満ちたものになった。

ケマルの人生は百八十度的に変わった。いままで誰にも選ばれなかったことが逆に幸いした。もう独りぼっちではなくなったのだ。いまは自分の身を案じてくれる人がいる。彼は心の底からダナを敬愛した。だが同時に、いじめっ子、リッキー・アンダーウッドに植えつけられた恐怖がいつも胸のどこかに引っかかっていた。そのうちダナに嫌われ、ようやく脱出できたあの地獄に送り返されるのでは、と。

だから、同じ悪夢を何度も見た——金曜日、彼は孤児院の面会室に並ばされている。子供たちを吟味する大人たちの列のなかにダナもいる。ケマルをひと目見たダナが言う〝まあ、この醜い子は片腕しかないのね〟。彼女はケマルのまえを通りすぎ、となりの男の子を選ぶ——目を覚ますと、彼のほほはいつも涙でぬれていた。

ダナは彼が学校でけんかするのを極端に嫌った。そのことを知っていたケマルはあらゆる努力をしてけんかを避けた。だが、リッキー・アンダーウッドや彼の仲間たちはしつこかった。彼らにダナを侮辱されると、ケマルはもうがまんできなくなるのだ。彼のそんな弱いところを知ると、悪ガキたちはよけいダナを侮辱した。当然の結果として、けんかが増えた。

リッキー・アンダーウッドはケマルを見ると、あいさつ代わりにこう言う。

「ヘイ、もう荷づくりはしたのか、シュリンプ？　今朝のニュースで言っていたぞ。おまえの売女《ばいた》継母がおまえをユーゴスラビアに送り返すんだとさ」

「うそつけ！」

ケマルが怒鳴り返すなり、取っ組み合いのけんかがはじまる。ケマルは顔じゅうにアザをつけて帰宅する。どうしたのかとダナに訊かれても、本当のことは言わない。もし言ったら、リッキー・アンダーウッドの言ったことが現実になってしまうからだ。

いま校長室に座り、ダナを待ちながら、ケマルは思った。

〈今度という今度は、ダナに愛想を尽かされてユーゴスラビアに送られてしまう〉

ケマルはハラハラしながら、惨めな気持ちでいすに座りつづけた。


ダナが校長室に入ったとき、校長のトーマス・ヘンリーはしかめ面をして部屋を行ったり来たりしていた。ケマルは部屋のすみのいすに座らされていた。

「おはよう、ミス・エバンス。どうぞおかけください」

ダナはケマルをちらりと見てから、いすに座った。校長は机から大きな肉切り包丁をとりだして言った。

「担任がケマルからこれを取りあげましてね」

ダナはいすを回して体をケマルに向けた。彼女の激怒しているのがその顔に表われていた。

〈なぜ？〉

「なんでこんな物を学校に持ってきたの？」

ケマルはむっつりした顔でダナを見上げて言った。

「だって、ぼくには銃がないんだもん」

「ケマル！」

ダナは校長のほうに向き直った。

「先生とふたりだけで話したいんですが、ミスター・ヘンリー？」

「いいですよ」

校長は口をへの字に結んでケマルのほうを見た。

「外の廊下で待っていなさい」

ケマルは立ちあがり、包丁をちらりと見てから、廊下へ出ていった。ダナは切りだした。

「先生、ケマルはいま十二歳です。この十二年間のほとんどを、爆弾が炸裂する音を聞きながら寝起きしてきました。彼の父親や母親や姉を殺した爆弾です。そのうちの一発に彼自身も片腕をもぎ取られました。わたしが彼を最初に見つけたとき、彼は空き家でダンボールを寝床にしていました。サラエボには動物のように生きている少年少女たちが何百人といます」

ダナは現地を思いだしながら、淡々と語りつづけた。

「いまは爆撃はやみましたが、少年少女たちのホームレスの状態は変わっていません。その子たちが敵から身を守る武器はナイフか石か銃しかないんです。もっとも、銃など手にできる子供は運がいいほうです」

ダナは目を閉じ、ため息をついた。

「そしてこの子たちはおびえきっています。ケマルも同じです。でも彼はいい子ですから、教えれば分かります。ここが安全な場所だということをまだ知らないんです。米国人が敵じゃないことを教えてやる必要があるんです。新しい環境にいることを理解すれば、あの子はもう二度とこんなことはしません。約束します」

長い沈黙があった。トーマス・ヘンリー校長がようやく口を開いた。

「訴訟沙汰になったらあなたに責任を持ってもらいますよ、ミス・エバンス」

ダナはホッとして顔をなごませた。

「当然です」

校長がため息をついた。

「いいでしょう。それでは、あなたのほうでケマルとよく話しあってください。こういうことを二度とふたたび起こしたら、わたしとしても――」

「よく言って聞かせます。ありがとうございます、校長先生」

ダナがきりのいいところで校長室を出ると、ケマルが廊下で待っていた。

「さあ、帰るのよ」

ダナはツンツンして言った。

「ぼくの包丁は返してもらえないの？」

ダナは答える気力もなかった。

家に戻る車のなかで、ケマルが言った。

「面倒に巻き込んでごめんなさい」

「いいのよ。べつに面倒じゃないから。学校からは追い出されずにすんだわ。でもね、ケマル、よく聞くのよ——」

「分かったよ。もう包丁なんて持っていかないよ」

アパートに着いてから、ダナが言った。

「わたしはスタジオに戻らなければならないの。もうすぐベビーシッターが来ますからね。話は今夜ゆっくりしましょう」


番組が終わるのを待って、ジェフがダナの顔をのぞいた。

「なんか心配そうな顔だな、ハニー？」

「ええ、心配なの。ケマルのことよ。あの子をどう扱ったらいいのか分からなくなってきたわ。今日また校長先生に呼び出しをくらったのよ。あの子のおかげで、ここのところ家政婦がたてつづけに辞めているのよ」

「いい子なのになあ。新しい環境に慣れる期間が必要なんじゃないのか？」

「そうだといいんだけど」

「そうに決まってるさ」

「あの子を連れてきたことが間違いじゃないといいんだけど」


ダナがアパートに戻ると、ケマルが彼女の帰りを待っていた。

ダナはさっそくはじめた。

「座りなさい。話があります。ルールは守らなきゃダメ。学校でけんかするのはやめなさい。いじめられたり嫌がらせをされたりすることはあるでしょう。でも、そんなことでくじけてはダメです。もしけんかをやめなければ、あなたを退学させるって校長先生は言っているのよ」

「退学させられたって、かまわないさ」

「バカ言ってはいけません。わたしはあなたにすばらしい人生を送ってもらいたいと思っているのよ。学校をやめたりしたら、その夢は消えてしまいます。せっかく校長先生がチャンスをくれたんです。それを――」

「校長なんてクソ食らえだ」

「ケマル！」

そう言うなり、ダナは少年のほほにビンタを張った。ケマルはびっくりして彼女を見つめた。不信の表情が彼の顔にありありと浮かんでいた。ケマルは立ちあがって駆けだし、書斎に入ると、ドアをバタンと閉めてしまった。

電話のベルが鳴った。受話器をとったダナの耳に響いてきたのはジェフの声だった。

「ダナ――」

「ダーリン、わたし、いま話したくないの。とてもそういう気分じゃないわ」

「どうしたんだい？」

「ケマルのことよ。あの子はもうどうしようもないわ」

「ダナ……」

「なに？」

「あの子の気持ちになって考えることだよ」

「なんですって？」

「いま言ったとおりさ。あの子の気持ちになって考えるんだよ。あっ、いけねえ、もう時間だ。愛してるよ。またあとでな」

〈あの子の気持ちになって考える？　よく分からないわ〉

ダナは思った。

〈わたしにどうしたら彼の気持ちになれるというの？　わたしは十二歳でもないし、片腕を失った戦災孤児でもない。彼がしてきたような恐ろしい経験もしていない〉

ダナは座ったまま長いこと考えつづけた。

〈彼の気持ちになって考える〉

ダナは立ちあがると、寝室へ行き、ドアを閉めた。それから、クローゼットのドアを開けた。ケマルがサラエボから来るまえ、ジェフは週に何日か彼女のアパートで寝起きしていた。だからいまでも彼の衣類が残っている。ズボンに、ショーツに、ネクタイに、セーター、それにスポーツジャケット。

ダナはそのうちの何点かをとりだし、ベッドの上に並べた。それから、チェストの引き出しを開け、ジェフが使っていた《ジョッキー》のショーツと靴下をとりだした。彼女はそこで丸裸になった。それから、左手だけをつかってショーツをはこうとした。たちまちバランスを崩して倒れた。はけるまで、さらに二回トライしなければならなかった。つぎはシャツにトライした。左手だけで着るのはフラストレーションのたまる大作業だった。袖を通し、ボタンをかけ終えるまでに三分もかかってしまった。ズボンをはくときは、ベッドに腰をおろさなければならなかった。ジッパーを上げるのにも苦労した。セーターをはおるのに、さらに二分かかった。

ようやく着終えた彼女は、ハーハーと息を切らして椅子に座りこんだ。ケマルは毎朝この作業をくり返しているのだ。しかも、これはほんの始まりにすぎない。彼は片腕でシャワーを浴び、歯を磨くのも、髪の毛をとかすのも、すべて片腕でやらなければならない。それが現在の彼であり、片腕になるまえの彼といえば、戦場の恐怖のなかで生き、母親や父親や姉や友人たちが殺されて行くのをまのあたりにしてきたのだ。

〈ジェフの言うとおりだわ〉

彼女は少し分かったような気がした。

〈わたしの期待しすぎ。あの子にはもっと期間が必要なんだ。こんなことであの子を見捨てたら、わたしは恨まれる。わたしだって、母さんやわたしを見捨てた父さんをまだ許していないじゃないの。モーゼは〝十戒〟を残したけど、〝十一戒目〟もあってしかるべきだわ。〝なんじを愛する者を見捨てるべからず〟よ〉

ダナはゆっくりした手つきで自分の服に着替えた。ケマルがいつも聴いている〝ブリトニー・スピアーズ〟や〝バックストリート・ボーイズ〟や〝リンプ・ビズキット〟が歌う歌詞の一節が彼女の頭をよぎる。

〝きみを失いたくない〟〝今夜こそきみが欲しい〟〝きみの愛がつづく以上〟〝ただきみと一緒にいたいだけ〟〝ぼくは愛が欲しい〟……。

歌詞のすべてが孤独と渇望を訴えている。

彼女はケマルの成績表をとりあげて見た。ほとんどの科目で落第点なのはまぎれもない事実だ。しかし、算数だけは〝A〟をとっている。

〈一科目だけでも〝A〟をとったということが重要だわ〉

ダナは考えた。

〈彼は決してダメ少年ではない。算数で〝A〟をとったんだから、そこに可能性があるはず。これからほかの科目をひとつずつ征服していけばいいのよ〉

ダナが書斎のドアを開けると、ケマルはベッドに横になり、目を固く閉じていた。青ざめた彼の顔には涙の跡があった。ダナはちょっと彼を見てから、身をかがめてそのほほにやさしくキスをした。

「ごめんなさい、ケマル」

彼女はささやいた。

「わたしを許してね」

〈きっと明日はもっといい日になるでしょう〉


つぎの日の朝早く、ダナはケマルを高名な形整外科医、ウィルコックス博士のところへ連れていった。診察後、博士はダナだけを呼んで話した。

「ミス・エバンス。あの子に義手をつけるだけでおよそ二万ドルかかります。しかし問題なのは、あの子がまだ十二歳だという点です。成長盛りですからね。いま義手をつけても、数か月で適合しなくなってしまいます。費用の面から言っても現実的ではありませんね」

ダナはがっくりした。

「分かりました、先生。どうもありがとうございました」

外に出てから、ダナはケマルを慰めた。

「心配しなくていいのよ、ダーリン。なにか方法を見つけましょ」

ケマルを学校で降ろしてから、ダナはテレビ局に向かった。数ブロック進んだところで、携帯電話のベルが鳴った。ダナはボタンを押して応答した。

「ハロー？」

「マットだ。ウィンスロープ殺害の件で今日、正午に警察本部で記者会見があるらしい。きみに行ってもらいたい。カメラクルーはわたしのほうで手配しておく。警察は針のむしろだ。騒ぎは大きくなる一方なのに、手がかりらしいものは何もつかんでいないんだからな」

「では、これから現場に向かいます」

警察署長のバーネットが署長室で電話をしているところに、部下が入ってきて言った。

「市長から2番に電話です」

署長はいきり立って言った。

「おれはいま州知事と話し中なんだ。市長にそう言ってやれ」

署長は電話の相手と話をつづけた。

「ええ、知事、それは分かっています……かしこまりました。わたしが思うには……それはできます……さっそくやります……了解しました。それでは失礼します」

署長はたたきつけるように受話器を置いた。

「ホワイトハウスの報道官から4番にかかっています」

午前中はざっとこんなぐあいで、署長はてんてこ舞いだった。

ワシントンのダウンタウン、インディアナ大通り300にあるキャピタル・センターは報道関係者でいっぱいだった。入室してきた署長のバーネットは、部屋の前方に進み出た。

「みなさん、静粛に願います」

署長は室内が静まるのを待った。

「質問を受けるまえに、わたしからひと言申しあげたい。ゲーリー・ウィンスロープ氏を殺害するというこの残虐な行為は、たんに地域だけでなく世界にとっての損失をもたらすものです。このおぞましい犯罪にかかわりある者全員を捕らえるまで、われわれは捜査の手をゆるめません」

記者のひとりが立ちあがった。

「署長、警察はなにか手がかりをつかんでいるんですか？」

「午前三時にふたりの男がウィンスロープ家の私道から白いバンで出てくるのを目撃した人間がいます。男たちのそぶりが怪しかったので、目撃者は念のためプレートナンバーを控えていました。調べた結果、ナンバープレートは盗難車のものでした」

「ウィンスロープ家からなにが盗まれたのか警察は把握しているのですか？」

「名画が十点程度持ち去られています」

「名画以外に盗まれたものはないんですか？」

「いまのところ分かっているのは絵画だけです」

「現金とか宝石類はどうなんですか？」

「家のなかにあった宝石も現金も手をつけられていません。名画を狙った犯罪のようです」

「署長、ウィンスロープ邸に防犯装置は付いていたんでしょ？　装置は作動していたんですか？」

「執事の話によると、防犯装置は夜間はつねに作動しているそうです。盗賊はその回避法を知っていたのでしょう。具体的な方法についてはまだ分かっていません」

「盗賊はどうやって家に侵入したんですか？」

署長はちょっとためらってから答えた。

「そこが問題なんです。錠を壊したような形跡は見当たりません。どういうふうにして侵入したのかはまだ不明です」

「内部の人間の犯行ですかね？」

「そうは思いません。ウィンスロープ氏のスタッフは長年、氏とともに働いてきた人ばかりです」

「家にはウィンスロープ氏一人しかいなかったんですか？」

「われわれの知るかぎりは〝イエス〟です。スタッフたちは全員勤務を終えていました」

ダナが声をあげて質問した。

「盗まれた絵画のリストはあるんですか？」

「ええ、あります。どれも有名な作品です。リストはすでに美術館や美術商やコレクターたちに配付されていますから、盗品のひとつでもどこかに現われたら、この件は即、解決します」

ダナは腰をおろしながら首をかしげた。

〈そのぐらいのことは犯人たちだって分かっているはずだから、絵を売り歩くようなヘマなことはしないでしょう。だとしたら、名画を盗みだす目的はどこにあるのだろう？　殺人を犯してまで果たそうとする目的は？　現金や宝石に手をつけない盗賊なんているだろうか？　なにかがおかしい！〉

故ゲーリー・ウィンスロープ氏の葬儀は世界で六番目に大きい《ナショナル・カテドラル》において執り行なわれた。ウィスコンシン大通りとマサチューセッツ大通りは通行止めとなり、シークレットサービスと首都警察のほぼ全員が動員された。葬儀会場の控え室では、米国副大統領をはじめ、十人以上の上院議員や下院議員が式の開始を待っていた。最高裁判所判事に、閣僚ふたり、さらには世界各国の代表も参列に駆けつけていた。警察や報道関係のヘリコプターが空を舞ってうるさかった。街頭を埋める何百人もの一般市民たちのなかには、ウィンスロープ氏に敬意を表するために来た者もいれば、有名人を見たいだけのやじ馬もいた。いずれにしても、集まった者たちの〝お悔やみ〟は単にゲーリーひとりに向けたものではなく、不運なウィンスロープ家全体に向けられたものだった。

ダナはふたりのカメラクルーと一緒に葬儀の模様を中継した。

カテドラルのなかはシーンと静まり返っていた。

「神はときとして不可解な行動をとられます」

司祭が調子をつけて聴衆に語りかけていた。

「ウィンスロープ家の人たちは、希望をうち立てることに生涯を捧げました。一家は巨万の富を学校に、教会に、ホームレスに、飢えた人たちに分け与えてきました。それと等しく重要なのは、一家が私欲なく自分たちの時間と才能を社会に捧げたことです。ゲーリー・ウィンスローブ氏は一家の偉大なる伝統を受け継ぎ、それを実践してきました。なぜこの寛大な一家が栄達の果てにかくも残酷な方法でわれわれから切り離されなければならなかったかは、人知の及ばない世界のことであります。一家の遺産はこれからも永遠に生きつづけるでしょう。その意味において、一家が没したとは言いきれません。一家が社会に残したものはわたしたちみんなの誇りであり……」

〈こんな人たちにあんな死に方をさせるのは神さまのやるべきことじゃないわ〉

ダナは悲しくてやりきれなかった。

ダナの母親が電話してきた。

「友達と一緒にあなたの実況放送を見ていたんだけどね。ウィンスロープ家の話をしたとき、あなたはいまにも泣きだしそうだったわよ」

「わたし、泣いていたのよ、お母さん。本当に泣いていたの」

その夜、ダナはなかなか寝つけなかった。ようやく眠りに落ちると、気味悪い夢の万華鏡がはじまった。火事に、交通事故に、銃撃。彼女は真夜中に目を覚まし、ガバッと起きあがった。

〈事故にしろ犯罪に巻きこまれたにしろ、五人家族全員が一年以内に死んでしまう確率は⁉〉

第四章

「なにが言いたいんだね、ダナ？」

「わたしが言いたいのは、一家五人全員が一年以内に変死するなんて、偶然にしてはできすぎだということです、社長」

「きみのことをよく知っているから聞き流すけど、もし知らない人間が同じことを言いだしたら、わたしはいますぐ精神科の医者を呼んで、臆病者の〝チキン・リトル〟が〝空が落ちてくる！〟って叫んでいる、と訴えるところだ。なにかの陰謀だときみは思っているのかもしれないが、だとしたら、その背後にいるのは誰なんだ？　カストロか？　ＣＩＡか？　それともオリバー・ストーンか？　やれやれ。きみだって知っているはずだぞ。誰か有名な人間が不慮の死を遂げると、かならず陰謀説が出てくるもんなんだ。それも何百通りってな。先週も変な若者がここに来て断言して行ったよ。リンドン・ジョンソン大統領がアブラハム・リンカーン大統領を殺した証拠があるってね。ワシントンはいつも陰謀説に溺れているんだ」

「新番組『犯罪商売』の準備をこれからするところですよ、社長。視聴者をくぎ付けにするような大事件から始めたいっておっしゃっていたじゃないですか？　この件はまさに打って付けだと思いますけど」

マット・ベーカー社長は座ったまま、黙ってダナの様子を観察した。

「時間の無駄だよ」

「本当にそうでしょうか、社長？」

ワシントン・トリビューン社の資料室はビルの地下にある。これまで放送された番組のテープが何千とおさめられていて、そのすべてがきちんと項目別に整理されている。

四十代のブルネット美人であるローラ・リー・ヒルが資料室の机の向こうに陣どっていた。

彼女はダナが入ってきたのを見て顔をあげた。

「ハーイ、ダナ。葬儀の実況放送を見たわよ。あなたの解説は見事だったわ」

「ありがとう」

「信じられないような悲劇よね」

「本当に」

ダナはうなずいた。

「世の中ってなにが起きるか分からないわね」

ローラ・リー・ヒルが悲しそうな顔で言った。

「ところで、なにを調べるのかしら?」

「ウィンスロープ家に関するテープがあったら見てみたいんだけど」

「なにか特別なテープを探しているの?」

「いいえ。どんな家族だったのか、その片鱗が分かればなんでもいいのよ」

「どんな家族だったかって? わたしだって知ってますよ。みんな聖人のような人たちよ」

「誰に聞いてもみんなそう言うわね」

ダナが言うと、ローラ・リー・ヒルは立ちあがって答えた。

「時間はあるんでしょ? あの家族のテープはいくらでもありますからね。ゆっくり見ていってください」

「よかった。わたし、いま急いでないから」

ローラ・リーはダナをテレビジョンモニターのある机に案内した。

「すぐ戻ってくるわ」

そう言ってその場を離れた彼女は、五分後にテープをいっぱいかかえて戻ってきた。

「とりあえずこんなところから始めてくれる？　もっといろいろ出してくるわ」

ダナはテープの山を見て思った。

〈もしかしたらわたしは、社長が言うように、ありもしないことを心配する臆病者の〝チキン・リトル〟なのかもしれない。でも、もしわたしの直感が当たっていたら……〉

ダナはテープをビデオデッキにセットした。目を見張るようなハンサムな男性の姿がスクリーン上に現われた。目鼻だちのはっきりした顔、黒髪、正直そうな目、がっしりしたあご。彼の横には少年が立っている。画面のなかのコメンテーターが説明した。

「うしろに見える施設は、恵まれない子供たちのためにウィンスロープ氏が新たに建てた山荘です。氏のご子息のポールくんも一緒に開所式を祝っています。氏が建てた山荘はこれで十棟になります。これからさらに少なくとも十二棟は建てる計画だと聞いています」

ダナがボタンを押すと、場面が変わった。頭髪に白いものが混じる年老いたタイラー・ウィンスロープが著名人たちと握手を交わしている。

「……北大西洋条約機構の顧問に任命されたタイラー・ウィンスロープ氏は、ＮＡＴＯ本部のあるブリュッセルに向けて来週発つ予定です……」

ダナがテープを替えると、ホワイトハウスまえの芝生のシーンが現われた。タイラー・ウィンスロープは大統領の横に立ち、その大統領がカメラに向かって話していた。

「……連邦調査局〝FRA〟の長官にウィンスロープ氏を任命しました。発展途上国に適切な援助の手を差し伸べるのがFRAの役割です。この組織を統率するのにウィンスロープ氏ほどの適任者はいないとわたしは考えています……」

モニター画面は別のシーン、ローマのレオナルド・ダ・ビンチ空港を映しだした。タイラー・ウィンスロープが搭乗機から降りてくるところだった。

「……イタリアと米国の通商交渉に当たるためやってきたウィンスロープ氏を米国代表の一行が出迎えています。交渉代表に大統領がウィンスロープ氏を選んだことはこの交渉の重要性を表わすもので……」

〈なんでもやる人なんだ〉

ダナはテープを見て思った。

テープを替えると、パリの宮殿でフランス大統領と握手するタイラー・ウィンスロープが映っていた。

「……フランスとの歴史的貿易協定がタイラー・ウィンスロープ氏の手で実を結びました……」

別のテープでは、タイラー・ウィンスロープの妻のマデリンが建物のまえで少年少女たちに囲まれている。

「……マデリン・ウィンスロープ夫人は新たな施設を、虐待された子供たちのために寄付しました……」

ウィンスロープ家の子供たちがバーモント州マンチェスターの農場で遊んでいる光景を映しだしているテープもあった。ダナはつぎのテープ『ホワイトハウスにおけるタイラー・ウィンスロープ』をかけた。彼の背後には妻とハンサムなふたりの息子、ポールとゲーリー、それに娘のジュリーの姿が映っている。大統領がタイラー・ウィンスロープに〝自由勲章〟を授けるシーンだ。

「……祖国に対する氏の私心なき献身と、その輝かしい業績のすべてに対して、わたしはここで喜んで、市民に与えられる最高位の勲章である〝自由勲章〟をウィンスロープ氏に授けます……」

娘のジュリーがスキーを楽しんでいるテープもあった。

若い芸術家たちを援助する基金を設立するゲーリーを映すテープもあった。

画面はふたたびホワイトハウスの大統領執務室内を映しだした。大勢の記者団が詰めかけている。白髪のタイラー・ウィンスロープが妻をともない、大統領と並んで立っている。

「……新しい駐ロシア大使にタイラー・ウィンスロープ氏を任命しました。ウィンスロープ氏の業績についてはいまさら言うまでもありません。氏はこの任命を受け入れるために、ゴルフ三昧の日々をあきらめてくれました」

記者たちから笑いが起きた。タイラー・ウィンスロープが応酬した。

「大統領はわたしがゴルフをしているところなど見たこともないくせに」

さらに笑いが起きた。

そのあとのテープは一連の悲劇を映しだすものばかりだった。

コロラド州アスペンの全焼した屋敷の焼け跡が映しだされた。女性ニュースキャスターが黒こげの柱を指さしながら報告している。

「……アスペンの警察署長はウィンスロープ大使夫妻が焼死したことを確認しました。消防車は、明け方に火災の連絡を受けてから十五分以内に現場に到着しましたが、すでになすすべがなかったようです。消防署長の説明によると、出火原因は電気系統の故障とのことです。ウィンスロープ大使夫妻は慈善活動と公職における業績でその名を世界中に知られていましたが、この惨事で……」

ダナが別のテープをかけると、シーンは、南フランスの海をのぞむ山のハイウエー、〝グランド・コルニッシ〟に替わった。リポーターが説明している。

「……ポール・ウィンスロープ氏はこのカーブでスリップして山側の土手に激突しました。検死官の説明によると、彼は即死とのことです。同乗者はいませんでした。警察はスリップの原因を調べているところです。彼の両親であるタイラーとマデリンのウィンスロープ夫妻がわずか二か月まえにコロラド州アスペンの自宅で焼死したのは記憶に新しいところです。痛ましい偶然としか言いようがありません」

ダナは別のテープに手を伸ばした。アラスカ、ジュノーの林間スキー場を背景に、ぶ厚いヤッケを着たニュースキャスターが伝えている。

「……ここが昨夜、悲劇のスキー事故が起きた現場です。かつてはチャンピオンになったこともあるスキーの達人のジュリー・ウィンスロープさんが、なぜ夜ひとりで滑降禁止のこの斜面をすべっていたか、警察署はまだその実情を把握していないようです。わずか六週間まえの九月に、兄のポール氏がフランスのハイウエーで事故死したばかりです。その二か月まえの七月には、ご両親の大使夫妻が自宅の火災で焼死しています。大統領は一家に弔意を表わして……」

つぎのテープは、ワシントン北西部の閑静な住宅街に建つゲーリー・ウィンスロープの自宅を映しだしていた。大勢の記者たちが家のまわりに詰めかけている。それを背景に、ニュースキャスターが話す。

「……この信じがたい一連の悲劇の最後はなんと、家族の唯一の生き残りだったゲーリー・ウィンスロープ氏の不慮の死であります。ゲーリー・ウィンスロープ氏は強盗に射殺されました。今朝早く、警報装置が切られているのを見つけた警備員が家のなかに入り、ウィンスロープ氏の遺体を見つけたとのことです。ゲーリー・ウィンスロープ氏は胸部に二発、被弾していました。強盗のねらいが高価な絵画類だったことはあきらかです。ゲーリー・ウィンスロープ氏は抵抗して殺されたとみられています。ところで、ゲーリー・ウィンスロープ氏はウィンスロープ家最後の生き残りだったわけですが、彼の死で一家の悲劇は四度目、犠牲者は五人になります。しかも、これら不慮の死はすべてこの一年以内に起きたことです……」

ダナはスイッチを押して画面を消し、そのまましばらく考えこんだ。

〈誰がこんなすばらしい一家の根絶やしをもくろむのだろう？　いったい誰が、どんな理由で？〉

ダナは上院議員のペリー・レフと上院議員会館で会う約束をとりつけた。レフは五十代前半の、なにごとにも熱心にとり組むエネルギーに満ちた男である。レフ上院議員は、案内されて入ってくるダナを見て立ちあがった。

「わたしになにをご要望ですかな、ミス・エバンス？」

「あなたは仕事上タイラー・ウィンスロープ氏と近い関係にあったとうかがっていますが、上院議員？」

「ええ。大統領から任命されて、いくつかの委員会で一緒でした」

「タイラー・ウィンスロープ氏の世間での評価が高いのはわたしもよく存じています。それはそれとして、実際のウィンスロープ氏はどんな人物でした？」

レフ上院議員はダナをじろりと見た。

「喜んで申しあげよう。タイラー・ウィンスロープ氏はわたしが出会った人間のなかでもっともすばらしい人物だったと。なにがすばらしいかと言えば、彼の世間とのかかわり方をあげることができる。彼は本当に人間が好きで、うわべや売名からではなく、ハートで赤の他人の世話を焼いていた。この世の中をよくしようと、自分を犠牲にして行動する男だった。本当に惜しい人を亡くした。一家に起きたことは悲しすぎて、考えるのも恐ろしいくらいだ」


ダナは、タイラー・ウィンスロープの秘書を務めていたナンシー・パッチンと話していた。六十代の彼女は顔じゅうしわだらけで、目の表情がとても悲しげだった。

「あなたは長年ウィンスロープ氏に仕えてきましたね？」

「十五年ですけど」

「それだけ長いあいだご一緒だったら、ウィンスロープ氏の人柄もよくご存じだと思うんですが、彼はどんな——」

ナンシー・パッチンがダナを制した。

「ウィンスロープさんの人柄についてはっきり申しあげましょう、ミス・エバンス。わたしの息子が病気になったとき、ウィンスロープさんは彼を自分の医師に診させ、治療費のいっさいを自分で払ってくれたんです。息子が死んだときは葬儀代を負担してくれたうえに、わたしに、気晴らしのためのヨーロッパ旅行をさせてくれました」

老秘書嬢の目は涙でぬれていた。

「あんなにすてきで寛大な方はふたりといません」

ダナは、かつてウィンスロープ氏が率いていた連邦調査局ＦＲＡの長官、ビクター・ブースター将軍からインタビューに応じるむねの約束をとりつけた。はじめ長官はインタビューを拒否していたが、彼女が誰に関する話を聞きたがっているのか知ると、面会にオーケーを出した。

朝の十時に、ダナは車でメリーランド州のミード基地の近くにあるＦＲＡ本部に向かった。連邦調査局の本部は、塀で囲われた八十二エーカーの敷地内に建っている。外からでは、生い茂った森の向こうにサテライト用のアンテナが林立しているようには見えない。

ダナは、有刺鉄線をてっぺんにのせた高さ二メートル半の塀のまえに車をつけた。門のブースで武装した警備兵に名前を告げ、運転免許証を見せると、入所を許された。一分も進むと、モニターカメラ付きの閉めきられた電動ドアにたどりついた。ふたたび自分の名前を告げると、ドアは自動的に開いた。車道に従ってしばらく進んだところで、白塗りの巨大な本部ビルが見えてきた。

平服を着た男性がひとり、ビルの外でダナを迎えた。

「わたしがブースター将軍のオフィスに案内します、ミス・エバンス」

専用エレベーターに乗ったふたりは五階で降り、長い廊下を歩いた。廊下の奥のスイートが将軍のオフィスだった。

ダナが足を踏み入れると、はじめの部屋は、秘書が二名構える広いレセプションオフィスになっていた。秘書のひとりが言った。

「将軍がお待ちです、ミス・エバンス。どうぞお入りください」

秘書がボタンを押すと、つぎの間のドアが開いた。

中に入ったダナは思わず周囲を見まわした。将軍のオフィスは広々としていて、天井も壁もかなりの防音装置が施されているようだった。背のすらりと高い四十代の男性がダナに手を差し伸べ、にこやかに言った。

「わたしは少佐のジャック・ストーンです。ブースター将軍の副官をしています」

軍服姿もりりしくてかなりの好男子であるその少佐が、机の向こうに座っている男を指して言った。

「こちらがブースター将軍です」

ビクター・ブースターは彫刻のようなすっきりした顔だちをしたアフリカ系アメリカ人だった。きれいに剃った頭が天井の明かりを反射して光っていた。

「おかけなさい」

ブースター将軍の声は低くて重々しかった。ダナはいすに座った。

「面会をお許しいただき、ありがとうございました、将軍」

「タイラー・ウィンスロープに関する話だそうだが？」

「ええ、そうなんです。わたしが知りたいのは――」

将軍の声が急にこわばった。

「あんたらジャーナリストは死人をそっとしておいてやれないのかね？　コヨーテみたいにたむろして、死人をつついては何か嗅ぎだそうとする」

ダナはびっくりして将軍の顔を見た。ジャック・ストーン少佐が困惑した顔でなりゆきを見つめていた。

ダナはいきり立つ自分を抑えた。

「将軍、わたしはスキャンダルを嗅ぎだすつもりなどまったくありません。それは保証します。タイラー・ウィンスロープ氏の社会的評価は定着しています。わたしが知りたいのは彼の生身の人間像です。知っていることがあったら、なんでもいいから教えていただけたらと思ってお邪魔したわけです」

ブースター将軍は身を乗りだした。

「あんたがなにを追っているのかは知らんけど、ひとつだけ言っておく。彼は伝説どおりの人間だった。タイラー・ウィンスロープがＦＲＡの長官だったとき、わたしは彼の下で働いていた。彼はＦＲＡ創設以来、最高の長官だった。誰からも称賛されていた。彼の一家に起きたことはわたしの理解を超えた悲劇だ」

将軍は顔をこわばらせていた。

「はっきり言って、わたしはマスコミが嫌いだ。勝手なことをでっちあげて世間を惑わすのはあんたらだからな。あんたのサラエボからの報告も見ていたけど、〝心に花を〟の番組じゃ、われわれの役には立たないんだ」

ダナは怒りがこみ上げてくるのをこらえていた。

「あなたの役に立とうと思ってサラエボにいたわけじゃありません、将軍。わたしがサラエボにいたのは、現地の罪のない一般市民になにが起きているかを米国の大衆に知らせるためです――」

「まあ、勝手にやればいいさ。だが、あんたに教えてやろう。タイラー・ウィンスロープはこの国最高のステーツマンだった」

将軍はダナの視線をとらえて離さなかった。

「もしあんたが彼のイメージをぶち壊すつもりなら、敵に囲まれることになるぞ。ひとつ忠告しておこう。無用なトラブルは避けたほうがいい。忠告に従わなければ、トラブルに見舞われるだけだ。これは間違いない。よけいなことはするなと警告しておく。グッバイ、ミス・エバンス」

ダナはしばらく将軍を見つめていたが、やがて立ちあがった。

「ご親切にありがとうございます、将軍」

彼女はツカツカと大股で将軍のオフィスを出ていった。

副官のジャック・ストーン少佐が彼女のあとを追ってきた。

「帰り道を案内しましょう」

廊下を歩きながらダナは大きくため息をつき、腹立たしげに言った。

「将軍はいつもあんなふうなんですか？」

ジャック・ストーン少佐はため息をついた。

「彼に代わって謝ります。ときどきああいうふうに荒っぽいんですが、悪意はないんですよ」

ダナは少佐に顔を向けて言った。

「本当ですか？　わたしは充分に悪意を感じましたけど」

「とにかく、失礼をお詫びします。ここをまっすぐ行けば出口に着きますから。それでは、わたしはここで」

そう言ってジャック・ストーンは戻りかけた。

ダナは少佐の袖をつかんだ。

「ちょっと待ってください。あなたとお話したいんですけど。いまちょうど十二時ですから、どこかで昼食でもしません？」

副官は廊下の奥の将軍のオフィスに目をやった。

「いいでしょう。一時間後に、K通りの《ショールズ・コロニアル・カフェテリア》でどうです？」

「ええ、いいわ。ありがとう」

「あわてて感謝すると損しますよ、ミス・エバンス」


空席が目立つカフェテリアでダナが待っていると、ジャック・ストーン少佐がやってきた。少佐はドア口で立ち止まり、店内に知っている顔がないのを確かめてから、ダナのテーブルに合流した。

「あなたと話しているのが将軍にバレたら、どやされそうです。彼は本当はいい人なんですよ。有能でもあるし。かなり微妙で厳しい仕事を無難にこなしていますからね」

少佐はためらいながら、こうつけ加えた。

「とにかくマスコミ嫌いなんです」

「そのようね」

ダナはそっけなく応じた。

「ひとつはっきりさせておきたいんですが、ミス・エバンス。わたしとあなたのこの会話はなかったことにしてくださいね」

「分かりました」

ふたりはトレーを取りあげ、食べたいものを選んだ。ふたたび席に着いたところで少佐が言った。

「まず、あなたに、うちの組織について悪印象を持ってもらいたくないんです。われわれはみな善玉ですよ。だいいち、善良だからこそ、いまの地位に就いたわけですからね。われわれの主な役割は発展途上国を援助することです」

「それは意義のある仕事ですね」

「タイラー・ウィンスロープについてなにがお知りになりたいんですか？」

こちらから話を向けるまえに少佐に訊かれてダナはうれしかった。

「これまでわたしが聞かされたのは、タイラー・ウィンスロープさんが聖人君子だという話ばかりです。人間なんですから、もっとそれらしい話があってもいいと思うんですが」

「それはありますよ。いい面も、悪い面もね」

少佐は認めた。

「まず、いい面から話させてください。タイラー・ウィンスロープほど面倒見のいい人をわたしは知りません」

少佐はひと息ついてからつづけた。

「彼は徹底していました。自分のために働いてくれるすべての人間の誕生日と結婚記念日を記憶していて、贈りものを忘れたことがありません。鋭いカンの持ち主で、問題を解決するのがうまく、調整役としては最高でした。ストレスのたまる激務がつづいていたにもかかわらず、家庭人であることを忘れず、いつも妻や子供を大切にしていましたからね」

少佐の話が終わるのを待ってダナが訊いた。

「では、悪い面とは？」

少佐は言いたくなさそうだった。

「女性たちにとってタイラー・ウィンスロープは磁石のような存在でした。カリスマ性があって、ハンサムで、リッチで、権力を持っていたわけですから、女性たちが放っておくわけがありません」

少佐は話をつづけた。

「だから、彼もたまには……ハメをはずしていましたよ。浮気もしていましたけどね。妻と別れてまでといった深刻なものはありませんでした。それに、家族を傷つけないように徹底して隠れてやっていました」

「ストーン少佐、タイラー・ウィンスロープとその一家を根絶やしにする動機を持った人間に誰か心当たりはありませんか？」

唐突な質問に、少佐はびっくりしてフォークを皿の上に置いた。

「なんですって？」

「彼のような権力の座についた人間には、かならずそれなりの敵があると思うんですが」

「あのですね、ミス・エバンス――もしかして、ウィンスロープ一家が殺されたなんて言いだすんじゃないでしょうね？」

「あなたに心当たりがあるかどうか、わたしは訊いているだけです」

ダナが応じると、少佐はちょっと考えてから首を横にふった。

「ありませんね」

彼はきっぱりした口調でつづけた。

「まるで見当違いです。タイラー・ウィンスロープ氏は人を傷つけたことなどないのではないでしょうか。彼と親しかった友達や仕事仲間に聞けばよく分かることです」

「わたしがいままで調べたことをお話しましょう」

ダナは言った。

「タイラー・ウィンスロープさんという方は――」

少佐は手のひらを向けて彼女を制した。

「ミス・エバンス、わたしは聞かないほうがいいでしょう。この件にはかかわりたくありません。それがあなたに協力するためにわたしができる最善の方法です。わたしの言う意味が分かるでしょ？」

ダナは分からないといった顔で少佐を見つめた。

「どういうことですか、それは？」

「正直に言いましょう。この件から手を引いたほうがあなたのためです。もしあれこれつつき回したいなら、慎重にやることです」

少佐はそれだけ言うと、立ちあがって出ていってしまった。

ダナはそこに座ったまま、言われたことの意味を考えつづけた。

〈タイラー・ウィンスロープに敵はいなかった。わたしの攻める方角が悪かったのかもしれない。タイラー・ウィンスロープに敵はいなくても、子供たちや妻に敵はいなかったか？〉


ダナは、FRAのジャック・ストーン少佐と昼食をとった件をジェフに話した。

「おもしろそうじゃないか。それでなにが分かったんだ？」

「ウィンスロープ家の子供たちのことを知っている人がいたら誰とでも話したいの。長男のポール・ウィンスロープは婚約中だったそうよ。相手の女の子の名前はハリエット・バーク。もう一年もつき合っていたらしいの」

「そういえば、そんな記事をどこかで読んだことあるな」

ジェフはさらにためらいがちにこうつけ加えた。

「おれは百パーセントきみの味方だからな、ダーリン……」

「もちろんそんなことよく分かってるわよ、ジェフ」

「でも、この件に関してきみの直感が間違っていたらどうする？　事故というのはありうるんだよ。これからこの件にどのぐらい深入りするつもりなんだい？」

「もうそろそろ終わりにするわ」

ダナは約束した。

「もうちょっと調査を進めたら終わりにする」


ポール・ウィンスロープの婚約相手だったハリエット・バークは、ワシントン北西に建つ優雅な二階建てのアパートに住んでいた。ブロンドでひょろりと痩せた三十代になったばかりの女性である。彼女はダナの顔を見るなりにっこりほほえんだ。好感の持てる第一印象だった。

「会っていただいてありがとうございます」

ダナのあいさつに、すかさず答えが返ってきた。

「お会いしていいものかどうか、わたしにも自信がないんです、ミス・エバンス。たしかポールのことで聞きたいことがあるとか？」

「そうなんです」

ダナは言葉を慎重に選びながらつづけた。

「あなたの個人生活に立ち入るつもりはないんですが、たしかあなたとポールさんは一年ほど婚約していましたよね？　それで思ったんです。ポールさんのことはあなたがいちばんよく知っているのではと」

「そうかもしれません」

「ポールさんの人柄について少しおうかがいしたいんです。どんな人でした？」

ハリエット・バークはしばらく沈黙した。口を開いたときの彼女の声はとてもやさしかった。

「ポールは、わたしが知っているほかのどんな男性とも違っていました。人生に夢や希望をいっぱい持っていました。他人に対して思いやりがあって、とても明るくて愉快でした。自分のことはあまり構わないんです。とにかく気さくで肩の凝らない人でした。わたしたち、十月に結婚する予定だったんですよ」

彼女はそこで言葉を止め、しばらく黙りこんでから先をつづけた。

「ポールが事故死したとき、わたしは自分の人生が終わったような気がしました」

彼女はダナに目を向け、小さな声でさらにこう言った。

「いまでも同じ気持ちです」

「お気の毒です」

ダナは言った。

「あまりしつこく言いたくないんですけど、ひとつおうかがいしたいのは、彼に敵はいなかったかということです。彼を殺すほど憎んでいるような敵はいなかったでしょうか？」

ハリエット・バークの目にみるみる涙があふれた。

「ポールを殺すほど憎むですって？」

彼女の声がのどでつかえた。

「あの人のことを知っていたら、そんな質問はなさらないはずです」


ダナはつぎのインタビューの相手に、ウィンスロープ家の令嬢にしてスキーの達人、ジュリー・ウィンスロープの執事を務めていたスティーブ・レックスフォードを選んだ。レックスフォードはエレガントな雰囲気の中年の英国人である。

「どんなご用件でしょうか、ミス・エバンス？」

「ジュリー・ウィンスロープさんについて少しおうかがいしたいんです」

「と申しますと？」

「彼女の執事を始められてからどのぐらいになるんですか?」

「四年と九か月です」

「あなたにとって女主人としてのジュリー・ウィンスロープさんはどんな方でした?」

執事は顔をなごませ、思いだすような目で語りはじめた。

「彼女はどんな場合でも優雅さを失わず、とても明るい方でした。事故のニュースを聞いたときはとても信じられなくて――」

「ジュリー・ウィンスロープさんに敵はいませんでした?」

執事は顔をしかめた。

「失礼、なんておっしゃいました?」

「ジュリー・ウィンスロープさんは誰か人に恨まれるようなことを……それで誰かに傷つけられるとか――」

執事は首をゆっくり横にふった。

「ジュリーさんはそんな種類の人間ではありませんでした。他人を傷つけて恨みを買うなんてことは絶対にありません。自分の時間も富も惜しみなく周囲の人間に与える人でした。誰からも好かれていましたよ」

執事の言葉にうそはないか、ダナは相手の目をのぞいた。うそはなさそうだった。

〈わたしって、なにをしているのかしら?〉

ダナは自信がなくなった。

〈これじゃ、まるでドン・キホーテだわ。もっとも、格闘する風車もないけど〉

訪問者リストに載っている次の名はジョージタウン美術館長、モーガン・オーマンドである。

「ゲーリー・ウィンスロープ氏のことをお尋ねになりたいとか？」

「はい、そうです。わたしが知りたいのは――」

「彼の死は本当に大きな損失です。この国は美術の最大の庇護者を失ったわけです」

「オーマンド館長、美術の世界にも競争は存在するんでしょ？」

「競争と申しますと？」

「同じ作品を何人もの人が買いたがり、その競争が過熱して――」

「それはありますよ。でも、ウィンスロープさんの場合には当てはまりませんね。彼はすでに膨大なコレクションを所有していますし、そのあり余る作品を惜しげもなく美術館に寄贈してきたのです。寄贈先はわたしどもの美術館だけでなく、世界中の美術館に枠を広げられていました。すぐれた作品を大勢の目に触れさせたいというのが彼の希望だったんです」

「彼に敵はいませんでした？　たとえば――」

「ゲーリー・ウィンスロープ氏にですか？　そんなバカな。それは見当違いです」

リストの最後は、ウィンスロープ夫人マデリンの個人的なメイドを十五年間務めていたロザリンド・ロペスだった。ロザリンド・ロペスは現在、夫と共同ではじめたメイド派遣業に携わっている。

「お会いいただいてありがとうございます、ロペスさん」

ダナはさっそく切りだした。

「マデリン・ウィンスロープ夫人のことについて知りたいんです」

「お気の毒なことでした。あんないい人はめったにいません」

〈壊れたレコードみたいに、みんな同じことをくり返すだけだわ〉

ダナは期待をはずされ、がっかりした。

「夫人があんな恐ろしい死に方をするなんて」

ダナはうなずいた。

「ウィンスロープ家ではずいぶん長く働いていたんですか?」

「ええ。それはもう、ずいぶん長いこと働いていました」

「なにかのことで夫人が人から恨みを買うとか、敵をつくってしまったとか、そんなことはありませんでした?」

ロザリンド・ロペスは驚いた顔でダナを見つめた。

「敵ですって？　いいえ。あの方は誰からも愛されていました」

〈やっぱり壊れたレコードだ〉


自分のオフィスに戻る途中で、ダナは考えた。

〈わたしの思い過ごしらしいわ。可能性はかぎりなく少なくても、これはやはり偶然が重なったまれなケースなんだ。きっとそうなんだ〉

マット・ベーカー社長に面会を求めたダナは、秘書のアビー・ラズマンに迎えられた。

「ハーイ、ダナ」

「マットに会いに来たんだけど、いまいいかしら？」

「中へどうぞ」

ダナが入ってきたのを知って、マット・ベーカーは顔をあげた。

「今日の調べはどうだった、〝シャーロック・ホームズ〟さん？」

「まあ、基本的にわたしの間違いのようでした。いくら掘り起こしても、おかしなものは出てきそうにありません」

第五章

ダナのところに突然母親から電話がかかってきた。

「ダナ、ダーリン、すばらしいニュースがあるのよ！」

「なに、お母さん、すばらしいニュースって？」

「わたし、再婚することになったの」

ダナはびっくりした。

「な、なんですって？」

「それがじつはね、コネチカットのウエストポートに住む友達を訪ねたときね、このすてきな男性を紹介されたってわけ」

「それはすばらしいニュースだわ、お母さん。よかったわね」

「その人ってね、とってもあれなのよ――」

母親はけらけらと笑った。

「電話じゃ説明できないわ。とてもいい人よ。あなたもきっと好きになるわ」

ダナは言葉に気をつけながら言った。

「その人とはどのぐらいおつき合いしたの？」

「お互いを知りあう期間は充分あったわ。ふたりともとてもウマが合うのよ。わたしって、ラッキーね」

「その人、なにか仕事してるの？」

母親にとって大切なことなので、ダナはあえて訊いた。

「おじいちゃんみたいな言い方はよして。もちろん仕事はしてるわよ。保険外交員としてとても成功しているわ。名前はピーター・トムキンス。ウエストポートにすてきな家を持っているのよ。あなたやキンバルに早く会わせてやりたい。そのうち会いに来てくれるでしょ？」

「もちろん行くわ。彼はキンバルじゃなくて〝ケマル〟よ、お母さん。早く覚えてね」

「ああ、そうだったわね。あなたとその子にピーターも早く会いたがっているわよ。彼ったら、あなたが有名人だってみんなに言いふらしているのよ。本当にこっちに来られるの？」

「ええ、大丈夫よ」

週末には番組が休みになる。時間は充分にとれるだろう。

「ケマルを連れて行くわ。楽しみにしてるわね」


ダナは校門でケマルをピックアップすると、さっそくそのことを伝えた。

「今度おばあちゃんに会いに行くのよ。あなたもいよいよ家族の一員ね」

「了解」

ダナは思わずにっこりした。

「〝了解〟を了解」


土曜日の朝早く、ダナはケマルを乗せ、ハンドルをにぎってコネチカットを目指した。母親に会うのは久しぶりだったし、まだ見ぬ義理の父親の姿をあれこれ想像して彼女の胸は弾んでいた。

「みんなにとっていいことだわ」

ダナはケマルに言い聞かせた。

「おじいちゃん、おばあちゃんというのは孫を甘やかすものなのよ。それでいいの。それが家族というものよ。あなたもおじいちゃんやおばあちゃんと遊べるしね」

ケマルはちょっと心配そうな顔をした。

「でも、ぼくをおじいちゃん、おばあちゃんに預けたりしないんでしょ?」

ダナは少年の手をにぎった。

「わたしはいつも一緒だから大丈夫よ」


ピーター・トムキンスの家はブラインドブルック道路沿いに建つ、古風でおしゃれなコテージだった。すぐ下を小川が流れている。

「これって、なかなかじゃない」

ケマルが歓声をあげた。ダナは少年の頭をクシャクシャとなでた。

「あなたが気に入ってくれてうれしいわ。これからしょっちゅう来ましょうね」

コテージの玄関のドアが開き、ダナの母親、アイリーン・エバンスの姿が現われた。美人の面影がまだいくらか残っている母親の顔には、苦難の過去が、荒い筆づかいで深いシワを描きこんでいる。『ドリアン・グレーの肖像』と同じケースだ。母親の美しさはダナの顔に描き替えられている。

アイリーンの横には、ちょっとハンサムで営業マンタイプの中年の男性が満面に笑みを浮かべて立っていた。アイリーンはあわてた様子で前に歩みでると、両腕を広げてダナを抱きしめた。

「ダナ、ダーリン！　ああ、それから、キンバルちゃん？」

「お母さん……」

ダナが言おうとするところに、ピーター・トムキンスが口をはさんだ。

「なるほど。これが有名なダナ・エバンスか。お得意さん全員に話しといたよ」

中年男性は少年に顔を向けた。

「それで、こいつが例の子だな？」

彼は、ケマルの腕がないことにこのときはじめて気づいた様子だった。

「障害者だなんて、聞いてなかったな」

ダナの血が体のなかで凍った。ケマルの表情がさっと変わるのが分かった。ピーター・トムキンスは首をふりふり、構わずにつづけた。

「障害者になるまえにうちの障害保険に加入してりゃ、このガキもいまごろは左うちわだったろうになあ」

そう言って彼は、家の内側をあごで示した。

「さあ、入ってくれ。お腹がすいてるだろ？」

「けっこうです」

ダナは表情を硬くして言った。それから母親に顔を向けた。

「ごめんなさい、お母さん。わたしたち、このままワシントンに帰ります」

「それはまた、どうして？　残念だわ、ダナ。わたしとしては――」

「残念なのはわたしも同じよ。お母さんの目が狂ってなければいいんだけど。どうぞすてきな結婚式を」

「ダナ――」

ダナとケマルが車に乗りこみ立ち去っていくのを、母親は当惑しながら見送るしかなかった。ピーター・トムキンスはわけが分からずに成り行きを眺めていた。

「ヘーイ、おれがなにか変なことを言ったか？」

アイリーンはため息をついた。

「いいのよ、ピーター。なんでもないの」


帰りの車のなかでケマルは終始無言だった。ダナはそんな彼にチラチラと視線を送っていた。

「ごめんなさいね、ダーリン。世の中には無神経な人たちがいるのよ」

「でも、あいつの言うとおりさ」

ケマルは悟った顔で言った。

「ぼくはたしかに不具者だもん」

「あなたは不具者なんかじゃないわ」

ダナは猛然と言った。

「腕が何本あるかで人間を判断するのはよしなさい。大切なのは、どんな中身の人間かよ」

「へえ。じゃあ、ぼくの中身はなんなの？」

「あなたは幸運な生存者よ。わたしはそのことが誇らしいわ。あのハンサムさんが言っていたことで一つだけ当たっていることがあったわ——本当言うと、お腹すいてるの。あなただってそのはずよ。あの先の看板が目にチラつかない？」

ケマルはにっこりした。

「〃オーサム〃」


ケマルが寝室に行ったあと、ダナはひとりで考えたくて居間に行き、腰をおろした。テレビをつけて、あちこちのチャンネルをまわしてみた。どの局もゲーリー・ウィンスロープ殺害事件のその後を追っていた。

「……盗難車のバンが殺人犯に結びつくカギとなるといいのですが……」

「……ベレッタからは二発の弾丸が発射されていました。警察はすべての銃砲店を洗い……」

「……ゲーリー・ウィンスロープ氏殺害の事実は、北西地区の高級住宅街も決して安全でないことを……」

ダナの頭の奥のどこかが彼女の神経をくすぐりつづけている。彼女は寝ようとしても、なかなか寝つけなかった。明け方になって目を覚まして、それが何なのかようやく気づいた。

〈現金や宝石類は手をつけられていなかった。強盗が持っていかないなんて、おかしくないか？〉

ダナは起きあがり、コーヒーを入れながら、バーネット署長の言葉を頭のなかで復唱した。

〈〝盗まれた絵画のリストはできているんですか？〟〉

〈〝それはあります。みな有名な作品です。リストは美術館や画商やコレクターに配付されますから、盗まれた作品のひとつでも世の中に現われた時点で事件は解決します〟〉

署長の考えにダナは賛成できなかった。

〈絵が売れないことを犯人たちも承知してやったのだから、この強盗は、売るためというより、リッチなコレクターが自分の手もとに取っておきたい目的だけで計画されたのでは？　だとしたら、自分の命運を人殺したちの腕に預けるような金持ちのコレクターなどいるだろうか？〉

月曜日の朝、ケマルが起きるのを待って、ダナは朝食をつくり、彼を学校へ送っていった。

「じゃ、しっかり勉強するのよ、ダーリン」

「ああ、またね、ダナ」

ダナはケマルが学校のなかへ入っていくのを確認してから、インディアナ大通りにある警察署へ向かった。

ふたたび雪が降りはじめ、身を切るような冷たい風があらゆる道路を吹き抜けていた。

ゲーリー・ウィンスロープ殺害事件の担当になったフェニックス・ウィルソン刑事は街ずれした人間嫌いで、顔に残る切り傷跡が彼の育ちを表わしている。ダナが入ってきたのに気づいて刑事は顔をあげた。

「取材はお断わりだ」

刑事は口を開くなり吠えた。

「ウィンスロープ殺害に関して新しい情報はなにもない。なにかあったら記者会見で発表することになる。そのときにみんなと一緒に聞いてくれ」

「そのことでお邪魔したんじゃないんです」

ダナは切り口を変えた。刑事は疑わしそうな目でダナを見た。

「ほう、本当かね？」

「本当です。わたしに興味があるのは盗まれた絵のことです。作品のリストはお持ちなんですね？」

「あったら何だって言うんだい？」

「コピーを一部わたしにいただけないかしら？」

ウィルソン刑事はあいかわらず疑わしそうな目でダナを観察していた。

「それはまたどうして？　なにを考えているんだ？」

「殺人者たちがなにを持っていったか、まずそれが知りたいんです。そのことについて放送で詳しく説明するかもしれません」

ウィルソン刑事はダナをじろりと見た。

「それはアイデアとして悪くない。盗まれた作品が世に知られれば知られるほど、連中は売りづらくなるわけだからな」

刑事は立ちあがってつづけた。

「連中が持ち去った絵は計十二点。キャンバスを切りとったのに持っていかなかったものも相当ある。どうやら連中は運ぶのも面倒がる怠け者らしい。最近はどの世界でも人材難なんだよ。

報告書のコピーを持ってきてやろう」
二、三分して戻ってきた刑事は、持っていたコピーをダナに渡した。
「これが盗まれた絵のリストで、こっちが別のリストだ」

ダナは不思議そうな顔で刑事を見た。

「別のリストって？」

「ゲーリー・ウィンスロープが所有していた絵のすべてだ。強盗が置いていった絵もそのリストのなかに入っている」

「分かりました。どうもありがとう」

廊下に出てから、ダナはふたつのリストを見比べた。リストはよく整理されていなくて読みづらかった。ダナは風の冷たい外に出ると、その足で世界的に有名なオークションハウスの《クリスティーズ》に向かった。雪はさっきよりも激しくなり、クリスマスの買い物客たちは、早く暖かい家に戻ろうと背を丸め、歩を速めていた。


ダナが《クリスティーズ》のオフィスに入ると、マネージャーは彼女が誰であるか気づいてあわてて飛びだしてきた。

「これはまた名誉なことです、ミス・エバンス。わたしどもになにがお手伝いできますかな？」

ダナは説明した。

「絵の作品リストを二種類持っているんですけど、こちらの専門の方に作品の価値を見積もっていただけたらと思いまして」

「承知いたしました。喜んで協力させてもらいます。それでは、どうぞこちらへ……」


二時間後、ダナはマット・ベーカー社長のオフィスに来ていた。

「やっぱり、どう考えても変です」

ダナは切りだした。

「まさか〝チキン・リトル〟的推理に戻るんじゃないだろうね？」

「実はそうなんです」

ダナは長いほうのリストを社長に渡した。

「こちらのリストにあるのがゲーリー・ウィンスロープ氏が所有していた作品のすべてです。いまちょっと前にクリスティーズに寄って、それぞれの作品の評価をしてもらってきました」

社長はリストにざっと目を通した。

「ヘーイ、大物がそろってるじゃないか。ゴッホに、ハルスに、マチスに、モネに、ピカソ、マネか」

社長はリストから顔をあげた。

「それで？」

「今度はこちらのリストを見てください」

ダナはそう言って、盗賊に持ち去られた作品のリストを社長に渡した。社長は声に出してリストを読みあげた。

「〝カミーユ・ピサロ〟〝マリー・ローランサン〟〝パウル・クレー〟〝モーリス・ユトリロ〟〝アンリ・ルバスク〟。これがどうしたって言うんだね？」

ダナはゆっくりした口調でひと言ひと言はっきり言った。

「最初の長いリストには一点が一〇〇〇万ドル以上もする作品がたくさんあります」

ダナはひと息ついてからつづけた。

「ところが短いほうのリスト、つまり、盗まれた作品の多くは一点が二〇万ドル足らずのものばかりです」

マット・ベーカー社長は目をパチクリさせた。

「強盗は価値のない作品を選んで持っていったというわけか？」

「そのとおりです」

ダナは身を乗りだして言った。

「あのですね、社長、もしこれがプロの強盗のしわざなら、現金や宝石類にも手をつけていたはずです。しかも、高い作品を選んで持ち去ったというなら誰かに頼まれてやったということも推測できますが、このふたつのリストを比べて分かるのは、強盗たちに絵の知識がまるでなかったということです。だったら、彼らの狙いはなんだったのでしょう？　ゲーリー・ウィンスロープ氏は丸腰でした。連中はなぜ丸腰の彼を殺したんでしょう？」

「もしかしてきみは、強盗はカモフラージュであって、侵入者たちの真の目的は殺害だったと言いたいのかね？」

「わたしにはそうとしか考えられません」

社長はゴクリと生つばを飲みこんだ。

「じゃあ、百歩譲って、長老のタイラー・ウィンスロープが敵をつくり、それで殺されたとしよう。だけど、それを恨みに思って一家皆殺しを企てる人間など、はたしているのかね？」

「それは分かりません」

ダナは正直に言った。

「だから、これからいろいろ調べてみたいんです」

首都ワシントンにおいてもっとも名声のある精神分析医、アルマンド・ドイッチ博士は、見るからに貫禄のある七十代の男である。広いひたいと生き生きと動く青い目がいかにも利口そうだ。博士は顔をあげてダナを見た。

「エバンスさん？」

「ええ、そうです。時間をつくっていただいてありがとうございます、博士。とても重要な件を持ってお邪魔しました」

「なんですか、とても重要な件って？」

「先生もお読みになったと思うんですが、ウィンスロープ家の人たちの死について？」

「もちろん読みましたよ。恐ろしい悲劇だ。事故があんなに重なるなんて」

ダナはすぐさま言った。

「もし事故じゃないとしたら？」

「なんですって？　なにをおっしゃりだすんです？」

「全員が暗殺された可能性があるということです」

「ウィンスロープ家の人たちがみんな殺されただって？　それはまた考えすぎじゃないですか、ミス・エバンス。考えすぎですよ」

「でも、ありえないことではありません」

「暗殺されたと何を根拠に思われるんですか？」

「それがじつは――たんなる直感なんです」

ダナは正直に認めた。

「直感ね。なるほど」

精神分析医はダナの様子を観察した。

「あなたのサラエボからの報道はよく見ましたよ。特派員としてあなたは優秀な方だ」

「それはどうも」

精神分析医はひじをついたまま身を乗りだした。彼の青い目はダナの目にくぎ付けになっていた。

「それであなたは、つい最近まで恐ろしい戦場のまっただ中にいたわけだ」

「ええ、そうですけど」

「罪のない人たちが殺され、レイプされ、子供が殺害されるのを報告して……」

分析医の話を聞いているダナの内側で警戒心が頭をもたげた。

「あなたが大きなストレス下にあったことは明白です」

「ええ、たしかに」

「戦場から戻られたのはいつです？――五か月まえですか、六か月まえですか？」

「三か月まえです」

分析医はさもありなんと言わんばかりにうなずいた。

「精神を文明生活に適応させるには充分な期間とは言えませんな。恐ろしい殺りくをまのあたりにしてきたわけですからな。悪夢を見るのも当然ですよ。それが潜在意識となってあなたの想像力が――」

ダナはたまらずに声をあげた。

「先生、わたしはべつに被害妄想になっているわけじゃありません！　証拠はないんですが、ウィンスロープ家の人たちの死が事故ではないと信じるに足る理由があります。先生のところにお邪魔したのは、この件に関して先生の専門知識を拝借したいからです」

「専門知識を貸すって、それはどういうことです？」

「わたしが知りたいのは〝動機〟です。家族皆殺しをもくろむ人間がいたとしたら、その人間にはどんな動機が考えられるでしょう？」

精神分析医はダナを見つめ、指を突きだして言った。

「そういった凶悪犯罪に前例がないわけではありません。〝恨み〟……〝復讐〟……イタリアではマフィアが一家皆殺しをすることでよく知られています。ドラッグ取引のもつれで皆殺しにあった一家もあります。家族にまつわる耐えがたい悲劇の復讐という場合もあります。ほかには、確たる動機のないマニアックによる犯行ということも――」

「この場合、当てはまるものはなさそうですね」

ダナは感想を正直に言った。

「それからもちろん、昔から世界中どこにでもある動機――〝金〟が原因ということもありまダナは分析医のところに来るまえにその線も考えてみた。

〈金?〉

すよ」

カルキン・タイラー・アンダーソン法律事務所を経営するウォルター・カルキンは、二十五年もまえからウィンスロープ家の顧問弁護士を務めてきた。老齢の彼はリューマチで体は不自由なのだが、そのシャープな頭脳はまだ衰えていない。弁護士はちらりと視線を送ってダナの様子を観察していた。

「ウィンスロープ家の遺産のことでお話になりたいと秘書から聞きましたが?」

「ええ、そうなんです」

弁護士はため息をついて言った。

「あんなすばらしい家族がこんなことになるなんて、本当に信じられない」

「一家の法律や資産に関することは先生のところで扱っていらっしゃったんですね?」

ダナが訊くと、弁護士はうなずいた。

「はい、そうです」

「カルキンさん、去年のことなんですが、一家の資産になにか異常な動きはありませんでした？」

　弁護士はけげんな目でダナを見つめた。

「異常な動きって、具体的にどういうことです？」

　ダナは言葉を選びながら慎重に言った。

「うまく話せないんですけど、なんて言うか——たとえば、もし家族の誰かが脅迫されていたとしたら、先生はそれを知る立場にあったんでしょうか？」

　弁護士はしばらく沈黙した。

「一家から誰かに巨額な金が流れたら、それをわたしが知り得たかどうかという意味ですか？」

「ええ、そういうことです」

「だったら答えは〝イエス〟ですね」

「それで、具体的にそういうことはありませんでした？」

　ダナはそこにこだわった。

「ありませんな。あなたはなにか不正な取引を想定されているようですが、一家に関するかぎり、そんなのはバカげたことです」

「でも全員が死んでいるんですよ」

　ダナは食い下がった。

「土地だけでも数億ドルはするはずです。この遺産を相続する立場の人がいたら、それが誰なのか教えていただきたいんですけど」

ダナは、弁護士が薬のビンを開け、水で錠剤を飲みこむのを見守った。

「ミス・エバンス、わたしどもとしては、顧客の秘密は守らなければなりません」

弁護士はためらいがちにつづけた。

「しかし、今回の状況はちょっと違っています。どうせ明日、声明が発表されることになっているんですからね」

〈〝それからもちろん、昔から世界中どこにでもある動機——〝金〟が原因ということもありますよ〟〉

ウォルター・カルキン弁護士はダナを見つめたまま言った。

「一家の最後の生き残り、ゲーリー・ウィンスロープ氏の死をもって——」

「彼の死をもって？」

ダナは息をのんで弁護士のつぎの言葉を待った。

「ウィンスロープ家の全財産は慈善団体に寄贈されます」

第六章

夜の番組の放送準備が整っていた。ダナはスタジオAのアンカーデスクに着き、最後の変更部分に目を通していた。今日一日、通信社や警察の情報源から得たニュースから、放送にとりあげる価値のあるものが吟味され、選ばれてあった。彼女に並んでアンカーデスクに着いているのはジェフ・コナーズとリチャード・メルトンである。ディレクターのアナスタシア・マンが指をまえに突きだし、カウントダウンをはじめた。三秒まえ、二秒まえ、一秒まえ……カメラに赤いランプが点灯した。

アナウンサーの声が響いた。

「ダナ・エバンスがお伝えするＷＴＮ午後十一時のニュースです」

ダナがカメラに向かってほほえむ。

「共にお伝えするのがリチャード・メルトン」

メルトンはカメラをのぞいてうなずく。

「スポーツはジェフ・コナーズが、天気予報はマービン・グリアが担当します。午後十一時のニュースのスタートです」

ダナがカメラに向かって話しはじめた。

「こんばんは、みなさん。ダナ・エバンスです」

リチャード・メルトンがにっこりする。

「そしてわたしはリチャード・メルトン」

ダナがテロップを読みはじめた。

「まず最初のニュースですが、今日ダウンタウンの酒店で発生した強盗事件の容疑者を追っていた警察の追跡劇は夕方、終幕を迎えました」

「ロール　テープワン」

テレビ画面はヘリコプター内部を映しだした。ＷＴネットワークの取材用ヘリコプターを操縦しているのは元海兵隊のパイロット、ノーマン・ブロンソンである。その横に座っているのがリポーターのアリス・バーカーだ。カメラのアングルが変わり、上空から見る地上が映しだされた。木に激突して止まっているセダンを三台のパトカーが包囲している。

リポーターのアリス・バーカーが話しはじめた。

「警察の追跡劇は強盗事件発生と同時にはじまりました。ペンシルベニア大通りの《ハーレー》酒店に入ってきたふたりの男が、手をあげて金を出すよう店員に要求。店員は抵抗しながら警察に通じる警報ボタンを押しました。犯人たちふたりは逃げだしましたが、やがて警察の追跡を受け、六キロ逃げたところで、ご覧のように車を木に衝突させたというわけです」

局専用のヘリコプターが追跡劇の一部始終を撮影していた。その画面を見ながらダナは思った。

〈新オーナーにこのヘリコプターを買わせたのはマット・ベーカー社長の最大の業績だわ。このヘリコプター一機で番組構成がずいぶん変わったもの〉

番組にはさらに三つのコーナーが残っていた。ディレクターがコマーシャルの合図をした。

「コマーシャルのあと、またニュースに戻ります」

ダナの言葉を合図にコマーシャルが流れる。

相棒のリチャード・メルトンがダナに顔を向けた。

「外を見ましたか？　すごい雪ですよ」

「知ってるわ」

ダナは笑って答えた。

「天気予報のコーナーに苦情が殺到しそうね」

カメラの赤いライトが点灯した。テロップはブランクで、しばらくしてからようやく動きだした。ダナは読みはじめた。

「ニューイヤーズイヴにわたしは――」

ダナはびっくりして、その先が読めなかった。テロップにはこう書いてあった。

〝……結婚します。これでニューイヤーズイヴを祝う理由が倍になったわけです〟

テロップの横ではジェフがにやにやしながら立っていた。ダナは口ごもりながらカメラに向かって言った。

「もう一度コマーシャルに移ります」

カメラの赤いライトが消えるや否や、ダナは立ちあがった。

「ジェフったら！」

ふたりはお互いに向かって歩きだし、そのままお互いの腕のなかに顔をうずめた。

「それで、きみの返事は？」

ジェフが訊いた。ダナは彼をしっかり抱きしめながらささやいた。

「答えは〝イエス〟よ」

スタジオじゅうからお祝いの歓声があがった。

番組が終わり、ふたりだけになったところでジェフが言った。

「きみの希望を聞いておこう。盛大な結婚式？　内輪の結婚式？　それとも、その中間？」

ダナは子供のときから結婚式を夢見てきた。裾の長い純白のドレスに身を包んだ花嫁姿の自分を何度思い描いただろう。結婚式の用意をする花嫁の浮かれぶりは映画のシーンで何度も見てきた……招待客をリストアップして……調理サービス業者を選んで……介添人を決めて……教会へ行って……友達をみんな呼んで……晴れ姿を母親に見せる……。

〈それでいよいよ人生最良の日を迎えるの。今度はわたしの番なんだわ〉

「ダナ、どうするんだい？」

ジェフに促されて、ダナはハッとわれに返った。

〈そうね、大きな結婚式にしたい。でもそれだと、お母さんと、あの鈍感な義父を招待しなければならない――ケマルのためにもそれはいやだ〉

「駆け落ちということにしましょ」

ジェフは一瞬ポカンとなったが、すぐにうなずいた。

「きみがそうしたいなら、それでいいけど」

結婚の知らせを聞いて、ケマルは興奮ぎみだった。

「ジェフがぼくたちと一緒に住むの?」

「そのとおりよ。わたしたち、みんな一緒になるの。これであなたも本当の家族の一員になれるわね」

それから一時間、ダナはベッドの横に座って、三人のこれからについて熱っぽく語った。三人はこれから一緒に住み、一緒にバケーションを楽しみ、なにかにつけて一緒に行動する。

〈これこそが幸せというものだわ〉


ケマルが床に就いてから、ダナは自分の寝室に行き、コンピューターに電源を入れた。

〈アパート、アパート……寝室がふたつあって、バスルームもふたつあるアパートが必要だわ。それにリビングルームに、キッチンに、ダイニングエリアに、オフィス用の部屋と書斎があれば最高。そんなの、ザラにあるはずだわ〉

ダナの脳裏に、いまは空き家になったゲーリー・ウィンスロープのタウンハウスが浮かんだ。

〈あの夜起きたことの真相は? 警報装置を消したのは誰? ドアを壊した形跡がないなら、

強盗はどういう方法で家のなかに入ったのだろう?〉
ダナの指先は無意識に〝ウィンスロープ〟とキーボードを押していた。
〈わたしって、いったいどうしちゃったのかしら?〉
ダナは自分のしつこさにあきれながらモニター画面を見つめた。彼女の目に飛びこんでくるのは、まえにも見たことがあるタイラー・ウィンスロープについての情報だ。

地域〉米国〉ワシントンDC〉政府〉政治〉連邦調査局
*ウィンスロープ、タイラー——駐ロシア大使を務め、イタリアと重要な貿易交渉に当たる……
*ウィンスロープ、タイラー——独力で無一文から億万長者に。晩年は公務に身を捧げる……
*ウィンスロープ、タイラー——ウィンスロープ家は寄贈財団を設立。学校や図書館や市の行事に寄付をつづける……

ウィンスロープ家についてのウェブサイトは五十四もあった。ダナがアパート探しに切り替えようとしたとき、ひとつのランダムエントリーが彼女の目に留まった。

＊ウィンスロープ、タイラー――訴訟。タイラー・ウィンスロープの秘書だったジョアン・シンジーは前雇用主に対して訴訟を起こし、のちにそれを取り下げる……

ダナは狐につままれたような気分で項目を読んだ。

〈どんな種類の訴訟なのかしら？〉

彼女はウィンスロープに関するウェブサイトをさらに何か所か当たってみた。訴訟についての情報はどこにもなかった。ダナは〝ジョアン・シンジー〟と検索してみたが、なにも出てこなかった。


「盗聴はされてないな？」

「大丈夫です」

「問題の人間がなんのウェブサイトを検索しているのか報告してもらいたい」

「すぐ調べて報告します」

つぎの日の朝、ケマルを学校に送ってからオフィスにやってきたダナは、ワシントン市の電話番号簿に目を通した。〝ジョアン・シンジー〟という名はなかった。メリーランドの番号簿にもバージニアの番号簿にも当たってみたが、名前は見つからなかった。

〈きっと引っ越したんでしょう〉

ダナはそう判断するしかなかった。

番組のプロデューサーのトム・ホーキンズがダナのオフィスに入ってきて言った。

「昨日の夜はライバルをふたたび抜き返したぞ」

「やったわね」

ダナはちょっと考えてからつづけた。

「ねえトム、電話会社に誰か知り合いはいる？」

「ああ。どうしてだい？」

「電話帳に名前を載せていない人がいるんだけど、番号を調べられる？」

「名前は？」

「シンジー。ジョアン・シンジーよ」

プロデューサーは顔をしかめた。

「どこかで聞いたことのある名前だな」

「タイラー・ウィンスロープに対して訴訟を起こした女性よ」

「ああ、思いだした。一年まえにそんなことがあったっけ。そのころきみはユーゴスラビアにいたはずだ。おいしいネタがいろいろありそうな事件だったが、〝口止め〟が図られたらしくて、彼女はすぐ訴訟を取り下げたよ。いまその女性はヨーロッパのどこかに住んでいるはずだ。簡単に見つかると思うけど」

そう言って出ていったトムが、十五分後に電話してきた。

「やあダナ、さっきの件だけどね。ジョアン・シンジーはまだ市内に住んでいるぞ。彼女の公表していない電話番号が分かったけど、必要かい？」

「それはよかった」

ダナはペンをとった。

「何番なの？」

「555－2690」

「ありがとう」

「礼はいいから、一緒に昼飯をつき合ってくれよ」

「じゃ、近いうちにね」

オフィスのドアが開き、番組の原稿を書いているライターたちが顔をそろえて入ってきた。ディーン・ウルリッヒに、ロバート・フェンウィック、それに、マリア・トボソの三人だ。

まずロバート・フェンウィックが口を開いた。

「今夜のニュースは血なまぐさくなるぞ。列車の脱線事故が二件に、旅客機の墜落事故、それに大規模な地滑りときている」

ダナを交えて四人は、入ってくるニュースに目を通しはじめた。

二時間後に打ち合わせが終わり、ダナはジョアン・シンジーの番号を控えたメモをとりだしてそこに電話した。

応答したのは女性だった。

「ミス・シンジーの住まいです」

「シンジーさんとお話ししたいんですけど。わたしはダナ・エバンスです」

電話の女性が答えた。

「シンジーさんが電話に出られるかどうか見てきます。少しお待ちください」

ダナは辛抱強く待った。やがて別の女性が電話に出た。小さくてためらいがちな声だった。

「ハロー……」

「シンジーさんですね？」

「はい――そうです」

「わたし、ダナ・エバンスですけど、もしお時間があれば――」

「ダナ・エバンスって、あのニュース番組の？」

「ええ、そうです」

「まあ！　わたし、あなたのニュース番組を毎晩見ています。あなたの大ファンです」

「ありがとう」

ダナは言った。

「それは光栄です。ところで、ちょっとお尋ねしたいことがあるんですけど、二、三分お時間をいただいてお話できないかしら？」

「お話ですって？」

彼女の声にはうれしそうな響きがあった。

「そうです。どこかでお会いできませんか？」

「そうですね、よろしかったらここに来ていただけます？」

「ええ、それでけっこうです。いつにしましょうか？　あなたのご都合は？」

迷っているらしく、相手はしばらく沈黙した。

「いつでもいいんですけど。わたしはずっと家にいますから」

「では、明日の午後なんかはどうです？　二時というのは？」

「はい、それでかまいません」

ジョアン・シンジーは自分の住所と道順をダナに教えた。

「それでは明日」

ダナはそう言って受話器を置いた。

〈わたし、いつまでこんな事にかかずらっているのかしら？　シンジーさんの話を聞いたら、もうそれで終わりにしよう〉

　つぎの日の午後二時、ダナは、プリンス通りに建つ超高層アパートのまえに立った。建物の入り口を制服姿のガードマンが警備していた。そびえ立つビルを見上げてダナは思った。

〈元秘書がどうしてこんな立派なところに住めるのかしら？〉

　ロビーに入っていくと、机の向こうに受付係がいた。

「ご用件は？」

「シンジーさんと会う約束になっているんですけど。わたしはダナ・エバンスです」

「承っています、ミス・エバンス。シンジーさんのお住まいは最上階のペントハウス、アパートメントAです。どうぞそちらのエレベーターで上がってください」

〈ペントハウス？〉

　ダナは最上階に上がり、エレベーターを降りると、アパートメントAのドアベルを押した。ドアを開けたのは制服を着たメイドである。

「エバンスさんですね？」

「ええ、そうです」

「どうぞ中にお入りください」

ジョアン・シンジーは、広いテラスから街が眺望できる十二部屋ある豪勢なアパートに住んでいた。メイドに案内され、ダナは長い廊下を歩き、白を基調にしたみごとな内装の大きな書斎に足を踏み入れた。長いすに座っていた小柄でやせた女性がダナの姿を見て立ちあがった。

ジョアン・シンジーは驚き以外のなにものでもなかった。期待も想像もしていなかったダナだが、それでもジョアン・シンジーの外見は想像の範疇から遠くはずれるものだった。背が低く、なんの魅力もないシンジーは、光のない茶色い目を度の強いメガネで隠していた。恥ずかしそうに出す声はか細く、ほとんど聞きとれないくらいだった。

「お会いできて光栄です、ミス・エバンス」

「勝手なお願いなのに、時間をとってくれてありがとう」

ダナは答え、テラスの近くにある白い長いすにジョアン・シンジーと並んで座った。

「ちょうど紅茶を入れるところでした。あなたもお飲みになりますか?」

「ありがとう。いただくわ」

ジョアン・シンジーはメイドに顔を向けて言った。その声は主人のそれとは程遠く、まるで自信なげだった。

「はい、奥さま」

「ありがとう、グレタ」

すべてに現実感がなかった。その様子を見てダナは思った。〈ペントハウスにはまるで不釣り合いな人だ。どうしてこんなところに住めるのかしら？　タイラー・ウィンスロープとどんな取り決めをしたのだろう？　そして、この人はどんなことで訴訟を起こしたのか？〉

「……ニュースをいつも楽しみにしているんです」

ジョアン・シンジーのか細い声が言っていた。

「あなたの放送は本当にすばらしいと思います」

「ありがとう」

「戦場のサラエボからリポートされていたときはすごかったですね。爆弾が落ち銃弾が飛び交う音がいつも聞こえていました。そのたびに、あなたが巻き込まれるのではとビクビクしていました」

「正直言うと、わたしも怖かったんですよ」

「恐ろしい経験でしたね」

「ええ、そのとおりです」

メイドが紅茶とケーキをトレーに載せて持ってきて、それをふたりの前のテーブルにセットした。

「わたしが入れるからいいわ」

ダナはシンジーが紅茶を注ぐのを見守った。

「ケーキはいかがです？」

「いいえ、お茶だけいただきます」

シンジーは紅茶を満たしたカップをダナに渡し、今度は自分の分を注いだ。

「さっきも申しましたけど、お会いできてうれしいんですが――わたしにどんなお話があってお見えになったんでしょうか？」

「タイラー・ウィンスロープ氏のことでちょっとおうかがいしたいんです」

ジョアン・シンジーは目に見えて動揺しはじめた。手が震え、紅茶が彼女のひざにこぼれた。顔はまっ青だった。

「大丈夫ですか？」

「ええ、大丈夫です。わたしは大丈夫です」

シンジーはナプキンで自分のスカートを拭いた。

「そんなお話だとは――知らなかったものですから……」

彼女の言葉がしり切れとんぼになった。

雰囲気ががらりと変わった。その機を逃さず、ダナは言った。

「あなたはタイラー・ウィンスロープさんの秘書をされていたんでしょ？」

ジョアン・シンジーは急に身構え、言葉づかいも慎重になった。

「ええ。でも、一年まえに辞めました。どんなお話か知りませんが、ご協力しかねます」

シンジーははた目にも分かるほどガタガタと震えていた。ダナはとりなすような口調で言った。

「タイラー・ウィンスロープさんについていろんな人からいい話をたくさん耳にしました。あなたからつけ加えられることはありませんか?」

ジョアン・シンジーはホッとした顔を見せた。

「もちろんです。ウィンスロープさんは偉大な人物でした」

「彼の秘書をどのぐらいやっていたんですか?」

「約三年間です」

ダナはにっこりして言った。

「すばらしい体験だったんでしょうね」

「ええ、ええ。それはもう、とても」

さっきのおびえたシンジーとは打って変わり、いまはだいぶリラックスしていた。

「でもあなたは、ウィンスロープさんを訴えたんでしょ?」

シンジーの目におびえの表情が戻ってきた。

「いいえ——ええ、まあ、そうです。でも間違いだったんです。分かるでしょ? わたしの間違いだったんです」

「間違いって、それはどういう意味です？」

ジョアン・シンジーはゴクリと生つばを飲みこんだ。

「ウィンスロープさんが誰かに言ったことを、わたしが誤解したんです。わたしのとった行動は間違っていました。自分が恥ずかしいぐらいです」

「あなたは訴訟は起こしたけど、法廷で争うところまでは行かなかったんですね？」

「ええ、彼が――わたしたちは和解しました。なんでもないことだったんです」

ダナは部屋をぐるりと見まわして言った。

「なるほど。では、どんな和解だったのか、その内容を教えてくれますか？」

「いいえ、それはできません」

ジョアン・シンジーは身構えた。

「わたしとウィンスロープさんのあいだの秘密です」

ダナは首をひねった。この臆病そうな女がタイラー・ウィンスロープのような大物を相手に訴訟を起こした動機とはいったい何だったんだろう？　そして、彼女がこれほどおびえて話したがらない訴訟の内容とは？

〈この人はなにを恐れているのかしら？〉

ふたりのあいだに沈黙が流れた。ジョアン・シンジーに見つめられながらダナは思った。

〈この人はなにか言いたがっている〉

「ミス・シンジー――」

ジョアン・シンジーはダナを制して立ちあがった。

「すみません。これ以上協力はできません。もしほかに何もないなら……」

「分かりました」

ダナは退散するしかなかった。

〈なにも分からなかったけど〉

男はテープを再生機に入れ、スタートボタンを押した。

〝ウィンスロープさんが誰かに言ったことを、わたしが誤解したんです。わたしのとった行動は間違っていました。自分が恥ずかしいぐらいです〟

〝あなたは訴訟は起こしたけど、法廷で争うところまでは行かなかったんですね？〟

〝ええ、彼が――わたしたちは和解しました。なんでもないことだったんです〟

〝なるほど。では、どんな和解だったのか、その内容を教えてくれますか？〟

〝いいえ、それはできません〟

〝わたしとウィンスロープさんのあいだの秘密です〟

〝ミス・シンジー――〟

〝すみません。これ以上協力はできません。もしほかに何もないなら……〟

〝分かりました〟


録音はそこで終わっていた。

いよいよ火がついてきた。


ダナはアパートを紹介してもらうために不動産業者と待ち合わせをした。しかし、徒労に終わり、午前中が無駄になった。ジョージタウンやデュポンサークルやアダムスモーガン地区の物件を見せてもらったが、どれも小さすぎるか大きすぎるか高すぎるかで、昼が来るまえにダナはすっかり意欲をなくしていた。

「あきらめないでください」

不動産業者は請け合った。

「ご希望の条件に合うものをかならず見つけますから」

「よろしくね」

ダナは言ったものの、期待はしなかった。

〈早くしてくれないと間に合わないのよ〉


ダナはジョアン・シンジーの件が頭から離れなかった。彼女はタイラー・ウィンスロープにペントハウスを買わせるほどの、どんな秘密をにぎったのだろう？　ふたりのあいだに何があったのか、神のみぞ知るだ。

〈あの人はわたしに何か訴えたがっていた。それは間違いない。あの人にもう一度当たってみよう〉

ダナは思いつくとすぐジョアン・シンジーのアパートに電話した。電話に出たのはメイドだった。

「もしもし？」

「こんにちは、グレタ。先日お邪魔したダナ・エバンスです。シンジーさんに代わっていただけないかしら？」

「すみません。シンジーさんは電話に出られません」

「ダナ・エバンスから電話だって伝えてくれます？　わたしは――」

「すみません、ミス・エバンス。シンジーさんは手が放せないんです」
そう言って、電話は一方的に切れた。

つぎの朝、ダナはケマルを学校のまえで降ろした。寒々とした空から薄日がかすかにもれる年末のとある一日だった。街の角々では、同じ装いのサンタクロースが寄付金集めのベルを鳴らしていた。そんな光景を見るにつけ、ダナは気が急いた。

〈ニューイヤーズイヴが来るまえに、三人が一緒に住めるアパートを見つけなくちゃ〉

スタジオに入ったダナは、さっそくスタッフとの打ち合わせに入った。どのニュースをとりあげ、どの現場を取材するかが、打ち合わせの主な内容である。凄惨な殺人のニュースがひとつあった。ダナはウィンスロープ家のことを思いだした。打ち合わせが終わったときはすでに昼になっていた。ダナはもう一度ジョアン・シンジーのアパートに電話してみた。

「もしもし?」

「こんにちは、グレタ。ダナ・エバンスです。とても重要な件でシンジーさんと話したいんですけど、ダナ・エバンスから電話だって彼女に取り次いで——」

「シンジーさんはあなたとはお話しませんせん、ミス・エバンス」

そう言って、電話は切れた。

〈いったいどうなっているの？〉

ダナは合点が行かなかった。やがて立ちあがり、マット・ベーカーと話すため社長室へ向かった。社長秘書のアビー・ラズマンが彼女を迎えた。

「おめでとう！　結婚式の日も決まったんですってね」

ダナはにっこりして答えた。

「ええ、そうよ」

秘書嬢はため息をついた。

「なんてロマンチックなプロポーズなんでしょう」

「あの人らしいやり方よ」

「あのね、ダナ。うちの新聞の恋愛相談欄の先生のアドバイスによると、結婚式を終えたらすぐ出かけて缶詰めの食料品をふた袋買い、それを車のトランクに投げこんでおくといいんですって」

「いったい、なんでまた……？」

「その先生の言うところによると、いずれ結婚生活に飽きて秘密の楽しみが欲しくなったとき役に立つんだそうよ。帰宅が遅くなって、なにしてたんだと旦那に責められたとき、バッグを見せて言うんですって〝ショッピングに時間がかかった〟って。そうすれば旦那は——」

「心配してくれてありがとう、アビー。マットは中にいるの？」

「あなたが来たって言ってくるわ」

秘書に「どうぞ」と言われて、ダナは社長室に入った。

「かけたまえ、ダナ。いい知らせがあるんだ。ニールセンの最新の視聴率調査によると、昨夜のうちのニュース番組はまたまたライバルを打ち負かしたらしいぞ」

「すばらしいことだわ、マット。話は違いますけど、わたし、タイラー・ウィンスロープさんの秘書をやっていた人に会って話したんです――」

社長はニヤリとした。

「乙女座の女性はあきらめが悪いって言うけど、本当だな。きみはこのあいだも言っていたな、ウィンスロープ氏がどうのこうのって――」

「でも、やはりこの件はちょっと変なんです。聞いてください。タイラー・ウィンスロープさんの秘書をしていたとき、その女性は雇用主に対して訴訟を起こしたんです。が、法廷での争いにはなりませんでした。和解が成立したからです。その女性はいま信じられないほど豪勢なペントハウスに住んでいるんですよ。よっぽどの好条件で和解したんだと思います。わたしがウィンスロープさんの名前を出したところ、彼女は急におびえだしたんです。まるで命を狙われているような怖がりようでした」

社長はあきれ顔で言った。

「命を狙われているって本人が言ったのかね？」

「いいえ」

「タイラー・ウィンスロープのことが怖いって、その女が言ったのかね？」

「いいえ。でも――」

「ということは、その女はボーイフレンドに殴られるのを怖がっていたのかもしれないし、そのとき強盗がベッドの下に隠れていたかもしれないわけだ。きみの話にはいっさい証拠がないじゃないか」

「それはそうですけど、わたしは――」

ダナは社長の顔に浮かんだ表情を見て、トーンダウンせざるを得なかった。

「具体的にはなにもありません」

「まあ、そういうことだろう。ところで、ニールセンの視聴率調査のことだが……」


ジョアン・シンジーはＷＴＮの夜のニュースを見ていた。ダナ・エバンスがカメラに向かって話している。

「……それでは国内のニュースに移ります。最新の調査によると、米国の犯罪発生率はこの一年間に二七パーセント下がりました。犯罪率低下のもっとも著しい都会はロサンゼルス、サンフランシスコ、デトロイト……」

テレビ画面に映るダナの目をのぞきこみながら、ジョアン・シンジーはどうしようか考えつづけた。ニュースを終わりまで見て、彼女はようやく決心がついた。

第七章

月曜日にダナがオフィスに着くと、助手のオリビアが彼女の到着を待ちかねていた。

「おはようございます、ミス・エバンス。同じ女性の方から三回も電話があったんですけど、どなたか名前はおっしゃらないんです」

「電話番号は言っていた？」

「いいえ。ただ、またかけるとだけ言っていました」

三十分後、助手が連絡してきた。

「例の女性からです。お出になりますか？」

「いいわよ」

ダナは受話器をとりあげた。

「もしもし、ダナ・エバンスですけど。どなたで――？」

「あのう――ジョアン・シンジーです」

ダナの心臓の鼓動が速まった。

「こんにちは、ミス・シンジー……」

「わたしと話したい気持ちはまだおありですか？」

ジョアン・シンジーはあわてているような口調だった。

「ええ、もちろんよ」

「分かりました」

「わたしの方からあなたのアパートに――」

「いいえ、それはダメです！」

彼女の口調にはパニックの響きがあった。

「会うとしたら、どこか別のところでお願いします。わたし――見張られているような気がするんです」

「じゃ、どこにしましょうか？　あなたのお好きなところで」

「動物園の鳥類館ではどうでしょうか？　一時間後にそこに来てくれますか？」

「分かりました。これから行きます」


動物園に人影はまばらだった。街の至るところに吹きまくる十二月の冷たい風が、いつもならそこにいるはずの群衆をどこかに追いやってしまっていた。ダナは寒さに震えながら、鳥類館のまえに立ってジョアン・シンジーを待った。すでに約束の時間を一時間もすぎていたが、ジョアン・シンジーはまだ現われなかった。ダナはもう一度時計を見た。

〈あと十五分だけ待ってやろう〉

十五分後、ダナは自分に言いきかせた。

〈あと三十分だけ待って、それでも来なかったら終わりにしよう〉

三十分後、ダナは結論した。

〈勝手にすればいいんだわ。気まぐれ女め〉

ダナは冷えきった体でオフィスに戻った。

「わたしに電話はなかった？」

彼女はもしかしたらと思って助手に訊いた。

「六本かかってきました。メモは机の上に置いてあります」

ダナは期待をこめてリストに目を通した。〝ジョアン・シンジー〟の名前はなかった。念のため、彼女はもう一度シンジーの番号に電話してみた。呼び出し鈴が何度鳴っても、誰も出なかったので、やむなく受話器を置いた。

〈きっとまた気を変えて連絡してくるでしょう〉

ダナはその後も二度シンジーに電話してみたが、応答はなかった。

〈彼女のアパートに行ってみようかしら〉

ダナは迷った末、行かないほうがいいという結論に達した。

〈つつかずに、彼女から連絡してくるのを待ったほうがいい〉

しかし、その後ジョアン・シンジーから連絡はいっさいなかった。


つぎの朝六時、ダナは着替えを済ませてから、見るとはなしにテレビのニュースを見ていた。

「……チェチェン情勢はさらに混迷を深めています。ロシア兵の戦死者が十名以上見つかった模様です。反乱軍を制圧したというロシア政府の声明にもかかわらず、戦いはいぜんとして続いていて……国内のニュースに移ります。三十階のペントハウスから女性が転落死しました。死亡したのは元タイラー・ウィンスロープ氏の秘書、ジョアン・シンジーさんで、現在、警察が事故の原因を調査中です」

ダナは腰が抜けて、その場から動けなくなった。


ダナは社長室でマット・ベーカーと向かいあっていた。

「覚えていますよね、社長？　わたしが会って話をしたジョアン・シンジーという女性のことを。

「ああ。タイラー・ウィンスロープさんの秘書をしていた人です」

「ああ。きみはそんな話をしていたな。彼女がどうしたんだね？」

「その人が今朝のニュースになっていたんです。三十階から転落死してね」

「なんだって？」

「じつは昨日、彼女からわたしのところに電話があって、急にもう一度会うことになったんです。なにか重大なことで話したいって言っていました。わたしは約束した動物園へ行って一時間以上待ったんですけど、彼女は来ませんでした」

マット・ベーカー社長はダナを見つめたまま、じっと話に聞き入っていた。

「電話で話したとき、あの人は、見張られているような気がするとも言っていました」

マット・ベーカーは座ったまま自分のあごをなでつづけた。

「どういうことなんだ、それは？　妙なことに首を突っ込んじゃったんじゃないのか、われわれは」

「わたしにも分からないんです。とりあえずジョアン・シンジーのメイドに会って、彼女の話を聞こうと思っています」

「ダナ……」

「はい？」

「気をつけたほうがいいぞ、これは。触らぬ神にたたりなしって言うからな」


ジョアン・シンジーのアパートがある高層ビルのロビーに入っていくと、このあいだとは別のドアマンが来客の応対に当たっていた。

「ご用件は？」

「わたしはダナ・エバンスですけど、シンジーさんの事故死について少しおうかがいしたいんです。とてもお気の毒な事故でしたね」

ドアマンは顔に悲しそうな表情を浮かべて言った。

「ええ、お気の毒な事故でした。とても静かでいい人だったんですが……」

「来客は多かったんですか？」

ダナは気軽な口調で訊いた。

「いいえ、あまりなかったと思います。人づき合いの少ない人でしたから」

「昨日はあなたが当番だったんですか？　そのう――」

ダナは口ごもった。

「例の事故が起きたときのことですけど」

「いいえ。当番は別の人でした、マダム」

「ということは、彼女がひとりだったのか、それとも誰かと一緒にいたのか、あなたは知らないということですね？」

「そのとおりです」

「でも、当番の人はいたんでしょ？」

「ええ、デニスが当番でした。そのことで彼は警察からいろいろ訊かれたそうです。でも、シンジーさんが転落したとき、彼は用事で外に出ていたんです」

「シンジーさんのメイドのグレタと話したいんですけど」

「それは無理ですね」

「どうして無理なんですか？」

「もういないからですよ」

「どこへ行ったんですか？」

「彼女は動転していて、もう実家に帰るんだって言っていました」

「彼女の実家はどこなんですか？」

ドアマンは首を横にふった。

「さあ、そんなことまでは知りません」

「管理事務所の誰かが知っているんじゃないですか？」

「さあ、メイドの住所までは管理事務所も知らないと思いますよ、マダム」

ダナは頭を急回転させた。

「わたしどものニュース番組でシンジーさんの事故死をとりあげようと思うんです。アパートのなかを少し見せていただけないでしょうか？　何日かまえ、お邪魔しているんですよ」

ドアマンはちょっと考えてから肩をすぼめた。

「かまいませんよ。わたしも同行しますけどね」

「それでけっこうです」

ふたりは無言のまま最上階まで上がった。三十階に着くと、ドアマンは合カギをとりだし、それでアパートメントAのドアを開けた。

ダナはアパートの中に足を踏み入れた。中の様子は、まえ来たときとまったく変わりなかった。

〈でも、ジョアン・シンジーはもういないんだわ〉

「なにか特に見たいものはありますか、ミス・エバンス？」

「べつにそれはないんですけど」

ダナはうそをついた。

「ただ、部屋の中を見せてもらってあれこれ思いだしたいだけなんです」

彼女は長い廊下を歩き、リビングルームに入ってから、テラスに向かって進んだ。

「お気の毒に、あの方はそこから転落したんですよ」

ドアマンが説明した。ダナは広いテラスに出て、その端に歩みよった。高さが一メートル以上はある塀がテラスを完全にとり囲んでいる。ここから誰かが誤って転落する可能性はまったくない。

ダナは塀から顔を出し、買い物客が行き交う眼下の道を見下ろして思った。

〈ここからあの人を突き落とすなんて、いったいどこの誰が、なんの狙いがあって、そんなひどいことができるのかしら？〉

いつの間にか、ドアマンが彼女の横に来ていた。

「なにか気分でもお悪いんですか？」

ダナはため息をついた。

「いいえ、ご心配なく。わたしは大丈夫ですから」

「ほかになにか見たいものはありますか？」

「いいえ。もうこれで充分です」

警察のダウンタウン分署のロビーは、凶悪犯や、酔っぱらいや、売春婦や、財布をすられて途方に暮れる観光客などでごった返していた。

「マーカス・アブラム刑事さんに用事があって来たんですけど」

ダナは受付の巡査に話した。

「右へ行って三つ目のドア」

「ありがとう」

ダナは廊下を歩いていき、三つ目のドアを開けた。

眠そうな目つきの腹の突き出た大男がキャビネットを開け、ファイルを調べていた。

「アブラム刑事ですか？」

大男は面倒くさそうにダナを見た。

「そうだけど？」

刑事は、相手がニュースキャスターのダナ・エバンスであることに気づいた。

「ダナ・エバンスさんじゃないですか。なんの用ですか？」

「ジョアン・シンジーの担当は刑事さんだとうかがって来たんですが」

ダナはふたたび言いたくないことを口にした。

「ジョアン・シンジーの事故死の件です」

「そのとおりだが」

「あの事故について少しうかがいたいんですけど」

刑事は書類をいっぱいかかえて自分の机に戻ってくると、腰をおろしながら言った。

「話すことなんてあまりないな。あれは事故か自殺かのどっちかだね。まあ、おかけなさい」

ダナはいすに座った。

「事故が起きたとき、彼女は誰かと一緒だったんですか？」

「メイドはいたけどね。事故が起きたとき、彼女はキッチンにいたそうだ。ほかには誰もいなかったとメイドが言っている」

「そのメイドに連絡したいんですけど、彼女の転居先はご存じですか？」

刑事はしばらく考えてから言った。

「今夜のニュースでメイドを取り上げようっていうんだな？」

ダナは刑事に向かってにっこりした。

「はい、そのとおりです」

アブラム刑事はキャビネットに戻り、書類をガサゴソやり、やがて一枚のカードをとりだしてきた。

「これだな。グレタ・ミラー、コネチカット通り１１８０。これでお役に立つかな？」

二十分後、ダナは目的の住所を求めながら、コネチカット大通りに車を走らせていた。

１１７０……１１７２……１１７６……１１７８……

コネチカット大通り１１８０は駐車場だった。


「シンジーというその女がテラスから突き落とされたと、きみは本気で信じているのかい？」

ジェフは彼女の頭を冷やしてやりたかった。

「あのねジェフ、あなただったら、自殺しようとしているときに人と会う約束なんてする？これは誰かが彼女の口封じにやったことよ。もやもやして気持ち悪い事件だわ。まるで『バスカヴィルの魔犬』みたい。犬が吠えるのを聞いた人もいなければ、誰もなにも知らないんだわ」

ジェフが言った。

「なんか不気味だな。こんなことから早く手を引いたほうがいいと思うんだけど」

「ここまで来てやめるわけにいかないわ。なんとしてでも真相を見つけだすのよ」

ジェフはからかうような口調で言った。

「きみの言うとおりだとすると、この件で消されたのは六人ということになるね」

ダナは生つばを飲みこんだ。

「そういうこと」

「……それに、メイドはニセの住所を警察に残して消えてしまったんですよ」

ダナは社長室でマット・ベーカーに向かって説明していた。

「ジョアン・シンジーと話したとき、彼女はとても不安そうでした。かといって、自殺するような雰囲気はまるでありませんでした。誰かが突き落としたのにちがいありません」

「しかし、証拠がないじゃないか」

「たしかに証拠はありません。でも、わたしは間違ってないという自信があります。ジョアン・シンジーと話していたとき、わたしがタイラー・ウィンスロープの名を口にするまで、彼女はきわめて普通だったんです。なのに、わたしがウィンスロープの件を持ちだすや、彼女はパニックになりました。タイラー・ウィンスロープ氏の聖人君子のような伝説にひびが入ったのはこのときがはじめてです。ウィンスロープともあろう品行方正な方が一秘書にこれほど莫大な退職金を払うにはそれ相当の理由があったはずです。はっきり言って、かなりの弱みを握られていたんだと思います。とにかく不気味です。タイラー・ウィンスロープと一緒に仕事した人で、彼とけんか別れしたような人を社長はご存じありませんか？　ウィンスロープ氏について なにも怖がらずに話せる人を見つけたいんです」

マット・ベーカー社長はしばらく考えてから言った。

「ロジャー・ハドソンに相談してみてはどうかね？　彼は上院議員で多数派の代表だし、タイラー・ウィンスロープとは何かの委員会で一緒だったはずだ。彼なら何か知っているかもしれない。それに彼は、人を恐れずになんでも話す男だ」

「わたしに会ってくれるよう、社長のほうでアレンジしてくれます？」

「まあ、できるかぎりやってみよう」

一時間後、マット・ベーカー社長は受話器に向かって話していた。

「お望みどおり、約束を取りつけたけど。ロジャー・ハドソンは木曜日の昼にジョージタウンの自宅できみに会うそうだ」

「いろいろとありがとうございます、社長」

「だが、ダナ、ひとつきみに注意しておきたい……」

「はあ、なんでしょう？」

「ハドソンという男はとても怒りっぽいんだ」

「あまり馴れ馴れしくしないように気をつけます」

マット・ベーカーが社長室を出ようとしているところに、ワシントン・トリビューン社の新オーナー、エリオット・クロムウェルが入ってきた。

「ダナのことで相談したいんだが、マット」

「なにか問題なんですか?」

「そういうわけじゃないんだ。できたらきみを煩わせたくないんだがね。ただ、彼女が調査を進めているタイラー・ウィンスロープの件だけはどうも——」

「それがどうしたんです?」

「彼女は勝手に思いこんで、ひとりで憤っているんだ。的外れもはなはだしい。わたしは個人的にもタイラー・ウィンスロープとその家族のことを知っている。みんなとてもいい人たちだ」

社長は新オーナーを見上げて言った。

「では、問題ないわけですね。ダナがいくらつつき回っても変なことは出ないわけですから」

エリオット・クロムウェルは社長をちらりと見て肩をすぼめた。社長が言った。

「まあ、話していただいてありがとうございます。今後もなにかあったら遠慮なく言ってください」

「盗聴はされていないだろうな?」

「大丈夫です」

「じゃ、言おう。われわれはＷＴＮからの情報を大いに当てにしている。きみのところの情報は信頼できるんだろうな？」

「もちろんです。役員タワーから直接来るものばかりですから」

第八章

水曜日の朝、ダナが朝食をつくっていたとき、外から大きな音が聞こえてきた。窓の外をのぞいたダナは、何人もの男たちが建物のまえに駐めてあるトラックに家具を積みこんでいるのを見てびっくりした。

〈誰が引っ越すのかしら？〉

ダナは首をかしげた。現在アパートは満室で、住人はすべて長期滞在者だ。ダナがシリアルのボウルをテーブルに置いたとき、ドアをノックする音が聞こえた。開けてみると、そこに立っていたのは隣りのドロシー・ワートンだった。

「ダナ、ニュースがあるんだけど、びっくりしないでね」

ドロシーは声を弾ませて言った。

「ハワードとわたしは今日ローマへ引っ越すの」

ダナはあっけにとられてドロシーを見つめた。

「今日？　ローマへ？」

「びっくりしたでしょ？　じつは先週ヘッドハンターがハワードのところに来てね、極秘に検討してくれって言うの。それでハワードから言われて、わたしもなにも話せなかったのよ。最終的に決まったのは昨日の夜なの。イタリアのローマにある会社が、すぐ来てくれればハワードにいまの給料の三倍払うって言うのよ」

ドロシーは目を輝かせていた。

「そうだったの――それはよかったわね」

ダナはとりあえず彼女のニュースを祝福した。

「あなたがいなくなったら寂しいわ」

「わたしたちも同じ気持ちよ」

ふたりのところに、うわさの主のハワードがやってきた。

「ドロシーから話を聞いたと思うけど？」

「ええ、いま聞いたところよ。よかったわね。でも、あなた方はここに骨を埋めるはずじゃなかった？　なんでまた突然――」

ハワードが話しだした。

「わたしも信じられないんですよ。青天の霹靂《へきれき》っていうやつだね。イタリア最大のコングロマリットで世界によく知られた会社があるんですが、その子会社で史跡の復元を専門にやっている《イタリアーノ・リプリスチーノ》からの誘いなんです。わたしのことをどこから聞いたのか知りませんけど、ローマには史跡が腐るほどありますからね。ここの家賃の契約分も負担してくれるというし、前払いした分も戻ってくるんです。ただ、条件が厳しくてね。明日までにローマに来いって言うんです。ということは、今日このアパートを出るしかないんです」

ダナはどっちつかずの言葉で言った。

「ちょっと普通じゃないですね」

「相手は注文に追われて急いでいるんだと思いますよ」

「荷づくりを手伝いましょうか？」

ドロシーが首を横にふった。

「荷づくりは昨日の夜済ませたわ。たいがいの物は救世軍に寄付しようと思うの。給料が三倍ももらえるから、向こうでなんでも買えるし」

ダナは笑った。

「連絡ちょうだいね、ドロシー」

一時間後、ワートン夫妻はアパートをあとにローマへの途についた。


オフィスに着くや、ダナは助手のオリビアに指示した。

「ちょっと調べてもらいたい会社があるの」

「はい、どこでしょう?」

「《イタリアーノ・リプリスチーノ》という会社だけど。本社はローマにあるはず」

「かしこまりました」

三十分後、助手がやってきてダナに書面を渡した。

「調べました。ヨーロッパでも有名な会社だそうです」

ダナは肩の重荷がとれたようにホッとひと安心した。

「それはよかった」

「ところで」

助手が言った。

「その会社は私企業ではないようです」

「と言うと？」

「イタリア政府が所有している会社です」


その日の午後、ダナが学校からケマルを連れて戻ってくると、メガネをかけた中年の男性が、その朝までワートン夫妻が住んでいたアパートに引っ越してきていた。


社長の手配で政界の大御所、上院議員のロジャー・ハドソンに会うことになっていた木曜日のダナは、スタートからつまずきっぱなしだった。

番組の最初の打ち合わせで編集担当のフェンウィックが言った。

「今夜の放送は問題ありですね」

「どういうこと？」

「アイルランドに送りこんだ取材班のことは知ってるでしょ？　そのフィルムを今夜使う予定だったんだけど――」

「それがどうしたの？」

「連中は拘束されて、すべての機材が没収されたんです」

「まじめな話なの?」

「冗談なんか言ってる場合じゃないですよ」

編集担当はダナに書面を渡した。

「詐欺容疑で訴えられているワシントンの銀行家のニュース、これが原稿です」

「なかなかのニュースじゃないの」

ダナは言った。

「これはうちの特ダネ?」

「のはずなんだけど、うちの法務部はダメだって言うんですよ」

「なんですって?」

「法務部としては訴訟を起こされることを恐れているんです」

「まあ、立派なこと」

ダナは皮肉をこめて言った。

「まだあるんです。今夜の放送でライブインタビューを予定していた例の殺人現場の目撃者なんですけど——」

「それがどうしたの?」

「気を変えて、番組には出ないと言ってきました」

ダナはうなった。まだ午前十時にもなっていないのに、この御難ぶりだ。

あとはロジャー・ハドソン上院議員との会談に期待するしかない。


ダナが番組の打ち合わせからオフィスに戻ってみると、助手が心配顔でそわそわしていた。

「もう十一時ですよ、ミス・エバンス。この空模様ですから、すぐ出かけないとハドソンさんとの約束に遅れてしまいますけど」

「ありがとう、オリビア。二、三時間したら戻るわ」

ダナは窓の外をのぞいた。雪がふたたび激しくなっていた。彼女はコートをはおり、スカーフを首に巻いてドアに向かった。と、そのとき、電話のベルが鳴った。

「ミス・エバンス……1番に電話です」

ダナは足を止めてふり返った。

「あとにしてもらえない？」

ダナはふたたび歩きだした。

「もう行かなくちゃ」

「ケマルの学校の先生からなんですけど」

「なんですって？」

ダナはあわてて机に戻った。

「もしもし?」

「ミス・エバンス?」

「はい、そうですけど」

「校長のトーマス・ヘンリーです」

「はあ、ミスター・ヘンリー。ケマルはちゃんとやっているでしょうか?」

「お尋ねにどう答えていいか……じつは残念なんですが、学校としてはケマルの退学やむなしという結論に達しました」

ダナはショックでその場に立ち尽くした。

「退学ですって? なぜなんです? 彼がなにをしたんです?」

「それについては電話ではなく直接話したいと思います。こちらに来ていただけたらありがたいんですが。ケマルを連れていってもらう必要もありますし」

「ミスター・ヘンリー――」

「お見えになったときに説明します、ミス・エバンス。ではそのときに」

ダナは動転したまま受話器を置いた。

〈いったいあの子は何をしでかしたというの?〉

助手が心配して訊いた。

「大丈夫ですか、ミス・エバンス?」

「大丈夫よ」

ダナはうめいた。

「これで今朝は完璧だわ」

「わたしに何かできることは？」

「わたしのために祈ってちょうだい」


話は相前後するが、その日の朝早く、ダナがケマルを学校で降ろし、手をふって別れたとき、その様子をケマルの天敵の悪ガキ、リッキー・アンダーウッドが見つめていた。ケマルが知らんぷりして前を通りすぎようとするのを、リッキーが通せんぼした。

「おう、かっこいいじゃないか、ヒーロー。おまえの母さんはさぞフラストレーションがたまっているだろうな。片手じゃ、なでなでも半分しかできないもんな――」

ケマルの動きは目にも留まらないほど速かった。彼の右足がリッキーの股間を蹴りあげ、リッキーが悲鳴をあげて前かがみになったところを、今度は左足がリッキーの顔にめり込み、その鼻を折った。血が空中に飛び散った。ケマルは、痛みで地面にのたうちまわる相手をまたいで仁王立ちになった。

「この次ふざけたことをしたら殺すぞ」

なにが起きたのだろうと不安を募らせながら、ダナはセオドア・ルーズベルト中学に向かって車を飛ばした。

〈なにが起きたにしろ、ケマルを退学させないよう校長先生に頼みこむしかないわ〉

トーマス・ヘンリー校長は自室でダナの到着を待っていた。校長室に足を踏み入れたダナは、机をはさんで校長の前に座らされているケマルを見て思った。

〈また前と同じだわ〉

「ミス・エバンス」

先に校長に声をかけられ、ダナは気のきいたあいさつも言えなかった。

「なにがあったんでしょう？」

「あなたの息子さんが級友の鼻とほほの骨を折ったんです。被害者は救急車で病院に運ばれていきました」

ダナは信じられないといった顔で校長を見つめた。

「どうして——どうしてそんなことになるんでしょう？　ケマルには片腕しかないんですよ」

「たしかに」

校長の声はこわばっていた。

「しかし、この子には二本の足があります。その一本で鼻の骨を折ったんですよ」

ケマルは顔をあげて天井を見つめていた。

ダナはケマルに向きなおった。

「ケマル、どうしてそんなことができたの？」

ケマルは今度は目を床に向けた。

「そんなこと朝飯前さ」

「ご覧のとおりです、ミス・エバンス」

校長はふたりのやり取りを聞いて言った。

「彼の態度ですよ――なんと表現していいか分からないぐらいです。これ以上ケマルを学校に置いておくわけにはいきません。寛容にも限度があります。彼にふさわしい学校を見つけてやることをお勧めします」

ダナは、おいそれと引き下がるつもりはなかった。

「校長先生、ケマルはやたらにケンカをする子供ではありません。そんなひどいケンカをしたのなら、それなりの理由があったはずです。そんな簡単に――」

校長は頑として言った。

「もう決まったことなんです、ミス・エバンス」

彼の口調には妥協を許さない決意がこめられていた。ダナはフーンとため息をついた。

「分かりました。もっと理解のある学校を見つけることにします。さあ、いらっしゃい、ケマル」

ケマルは立ちあがり、校長をにらみつけてからダナのあとについて校長室を出た。ふたりは無言のまま外に出た。ダナは時計に目を落とした。約束の時間に遅れてしまったばかりでなく、ケマルをどこへ預けたらいいのか見当がつかなかった。

〈この子を連れていくしかないわ〉

車に乗ってからダナが言った。

「さあ、ちゃんと話して、ケマル。なにがあったの？」

リッキーに言われたことをそのまま伝えるわけにはいかない彼だった。

「ごめんなさい、ダナ。ぼくがいけなかったんです」

〈どうしようもない子ね〉

ダナは返す言葉も思いつかなかった。


ハドソン家の邸宅は高級住宅街ジョージタウンの五エーカーにもおよぶ一郭を占めている。道からは見えないが、家そのものはジョージ王朝風の三階建てで、外回りは白亜の殿堂といった感じである。道路からは長くて曲がりくねった私道が玄関前までつづく。

ダナは屋敷のまえで車を止め、ケマルの顔をのぞきこんだ。

「あなたも一緒に来るのよ」

「なぜ?」

「外にいたら寒いでしょ。だからよ」

ダナは玄関に向かい、そのあとをケマルがいやいや続いた。ダナはケマルに向きなおった。

「いい、ケマル。これから大切なインタビューがはじまるのよ。礼儀正しくしていてちょうだい。分かったわね?」

「分かった」

ダナは呼び鈴を鳴らした。ドアを開けたのは、人のよさそうな顔をした背の大きな執事だった。

「エバンスさんですね?」

「ええ、そうです」

「わたしはハドソン家の執事をしているシーザーです。ハドソンさんは奥であなたを待っています」

執事はケマルをちらりと見てから、視線をダナに戻した。

「コートをお預かりしましょう」

執事は彼女のコートを客用のクローゼットに吊るした。そびえるような大男のシーザーを感心したような目で見上げていたケマルが口を開いた。

「おじさんの背丈はどのぐらいあるの？」

ダナはあわてて注意した。

「ケマル、失礼なこと訊くんじゃありません」

「かまいませんよ、ミス・エバンス。その質問にわたしは慣れていますから」

「もしかしたらマイケル・ジョーダンよりも大きい？」

ケマルに訊かれて、執事はニコッとした。

「うん、大きいと思うよ。二メートル三〇センチあるんだ。さあ、お二人ともこちらへどうぞ」

玄関ホールは目を見張るような広さだった。床にはぶ厚いカシ材が敷かれ、そこここにアンティークの鏡や大理石のテーブルが配置されている。壁に沿った棚には明の時代の陶器の人形や高価そうなガラス工芸品が飾られている。

ダナとケマルは大きな執事のあとにつづいて長い廊下を歩き、一段床の下がった居間に足を踏み入れた。淡い黄色の壁に白木をあしらった内装が見事である。部屋には座り心地よさそうなソファが置かれ、その横にクイーンアン・スタイルのサイドテーブルと、薄い黄色い絹のカバーをかけられたウイングチェアがセットされている。

ロジャー・ハドソン上院議員とその妻パメラはポーカーテーブルに着いていた。ダナとケマルが来たことを執事に告げられると、夫妻は立ちあがった。

ロジャー・ハドソンは五十代後半のいかめしい顔をした男である。灰色の冷たい目、相手を見下したようなスマイル。彼には用心深さと同時に、他人に対する無関心さが感じられる。

夫より少し若く見える妻のパメラは美人である。温かそうで気取りがない。白っぽいブロンドの髪には白髪も交じっているが、彼女はあえてそれを隠そうとしていない。

「遅れて申しわけありません」

開口一番にダナは謝った。

「わたしはダナ・エバンス、こちらは息子のケマルです」

「わたしがロジャー・ハドソンです。こちら、妻のパメラ」

ダナはまえもってインターネットでロジャー・ハドソンについて調べてあった。彼の父親は小さな製鉄会社《ハドソン・インダストリー》のオーナーだった。その会社を世界的なコングロマリットに急成長させたのが息子のロジャー・ハドソンである。上院議員のマジョリティーリーダーであり軍事委員会の長も務めたロジャー・ハドソンは、政界の大御所であると同時に、米国有数の大資産家である。ビジネス界からも身を引き、いまはホワイトハウスの顧問として時おり公の場に顔を出す。社交界の花、パメラ・ドネリーと野心家のロジャー・ハドソンが結婚して、はや二十五年がたつ。ふたりはワシントンの社交界でもいちだんと目立つ存在であり、政界に対する影響力はいまもって衰えていない。

ダナはケマルに顔を向けた。

「ケマル、こちらはハドソンさんご夫妻です」

そう言ってから彼女はロジャー・ハドソンに目を向けた。

「子供を連れてきてしまってすみません。いまどうしても——」

「いいんですよ、気にしなくて」

パメラが口を添えた。

「わたしたちもケマルのことはよく知っていますから」

ダナはびっくりしてパメラを見つめた。

「ケマルのことをご存じなんですか？」

「ええ、知ってますよ。あなたに関する記事はずいぶん出ましたからね。ケマルをサラエボで救ってやったんでしょ？　たいへんなお手柄ですわ」

ロジャー・ハドソンは立ったまま黙って話を聞いていた。

「なにかお飲みになる？」

パメラに訊かれて、ダナはすぐ答えた。

「いえ、わたしはけっこうです」

ふたりの視線は同時にケマルの上に向いた。ケマルはなにも言わずに首だけ横にふった。

「どうぞ、おかけください」

ロジャー・ハドソンはそう言って、妻と一緒に長いすの上に腰をおろした。ダナとケマルは長いすのまえの安楽いすに座った。

ロジャー・ハドソンがそっけない口調で言った。

「あなたがどんな用事で来られたかは存じあげないが、おたくの社長のマット・ベーカー氏に請われてお会いすることにしたんだがね。わたしになんのご用かな？」

「タイラー・ウィンスロープ氏の件でお話しいただけないかと思いまして」

ロジャー・ハドソンは顔をしかめた。

「彼のどんなことを聞きたいんだね？」

「タイラー・ウィンスロープ氏のことはご存じでしたよね？」

「うん、もちろん。彼にはじめて会ったのは、彼が駐ロシア大使をしていたときだったな。当時、軍事委員会の委員長を務めていたわたしは、ロシアの軍事力をさぐる必要があってロシアに渡ってね。そこでタイラー氏と二、三日行動を共にしたんだ」

「そのときタイラー氏のことをどう思われました、ミスター・ハドソン？」

ロジャー・ハドソンはなにごとか考えているらしく、しばらく黙っていた。

「正直に言って、わたしはあの男に、世間が騒ぐような魅力を感じなかったな。だが、彼が有能だったことは間違いないと思っている」

たいくつそうに辺りを見まわしていたケマルは、立ちあがると、ふらふらと隣りの部屋に入っていった。

「ウィンスロープ大使がロシアに赴任中になにかトラブルに巻き込まれたなんてお聞きになりませんでした？」

ロジャー・ハドソンは不思議そうな顔をした。

「おっしゃる意味が分からないが、トラブルって例えばどんな？」

「例えば敵をつくってしまうようなトラブルです。心底から憎まれるような敵をつくってしまうような……」

ロジャー・ハドソンは首をゆっくり横にふった。

「ミス・エバンス、もしそんなことがあったなら、わたしの耳にだけでなく世界中の人の耳に入りますよ。タイラー・ウィンスロープ氏は公の人物だからね。ところで、この妙な質問のねらいは何なのかな？」

ダナは急に口ごもった。

「タイラー・ウィンスロープ氏がなにかとんでもない間違いをしでかして、それで敵をつくり、ご本人ばかりでなく家族をも巻きこむことになってしまったのではと、ふとそんな気がしたんです」

ハドソン夫妻は目をまるくしてダナを見つめた。ダナはあわててつけ加えた。

「わたしの推理がこじつけくさいのは分かっていますが、ウィンスロープ家一家の死も事故にしては不自然すぎます。一年のあいだに五人も死んだんですから」

ロジャー・ハドソンの答えはそっけなかった。

「ミス・エバンス、わたしはあなたよりずっと長く生きているが、その人生経験から言わせてもらえば、この世の中というものはありそうもないことが起きるところなんだ。ところで、あなたの推理の根拠は？」

「証拠と言われるなら、そういうたぐいのものは何もありません」

「だろうな」

ロジャー・ハドソンはためらいがちにつづけた。

「もっとも、こういう話は聞いたが……」

言いかけながら、彼は口をつぐんだ。

「いや、たいしたことじゃないから、言ってもしょうがない」

ロジャー・ハドソンはふたりの女性からにらまれることになった。パメラがやさしい口調で言った。

「そこまで言って話さないなんて、おかしいわよ、あなた。なんのことなの、それ？」

ロジャー・ハドソンは肩をすぼめた。

「本当にたいしたことじゃないんだ」

彼はダナに顔を向けた。

「わたしがモスクワにいたとき聞いたうわさなんだがね、ウィンスロープ氏は複数のロシア人となにか個人的な取り引きをしていたらしいというんだ。でもわたしは、うわさは真に受けない主義でね。あなただってそうでしょ、ミス・エバンス？」

まるでダナを責めているようなロジャー・ハドソンの口調だった。

ダナが答えるまえに、となりの書斎からなにかが倒れるような大きな音が聞こえてきた。パメラが立ちあがり、音のした方へ急いだ。ロジャーとダナはそのあとにつづいた。三人はドアのところで立ち止まった。棚から落ちたらしい明朝の青磁が床の上で砕けていた。そのとなりにケマルが立っていた。

「まあ、なんていうことを！」

ダナは動転のあまり、適切な言葉が口から出てこなかった。

「すみません――ケマル！　どうしてあなたはこんなことを――」

「わざとやったんじゃないよ」

ダナはハドソン夫妻に顔を向けた。彼女の顔は困惑して赤く染まっていた。

「たいへん申しわけありません。もちろん弁償させてもらいます。わたしが――」

「心配しなくていいんですよ」

ハドソン夫人はにこやかな顔で言った。

「うちの犬はもっと悪いいたずらをしますから」

ロジャー・ハドソンの顔は苦りきっていた。彼はなにか言いかけたが、妻の表情を見て言葉をのみこんだ。

ダナは壊れた花瓶の破片を見つめた。

〈きっとわたしの年収の十倍もするんでしょう〉

「さあ、居間に戻りましょう」

ハドソン夫人がダナに促した。ダナはケマルを従え、ハドソン夫妻のあとにつづいた。

「わたしのそばにいなさい」

彼女はケマルに、小さいが怒った声で言った。ふたりはもう一度いすに腰をおろした。ロジャー・ハドソンがケマルに向かって言った。

「きみは片腕をどうしてなくしたんだね？」

ダナは唐突な質問にびっくりした。しかし、ケマルはこだわる様子もなく答えた。

「爆弾でやられたんです」

「そうか。両親はどうされたんだね、ケマル？」

「ふたりとも空襲で死にました。ぼくの姉も一緒でした」

ロジャー・ハドソンはうなった。

「戦争はどうしてなくならないんだ」

ちょうどそのとき、執事のシーザーが部屋に入ってきて言った。

「昼食の用意ができました」

　ハドソン家で出された昼食はおいしかった。食事をしながらダナが気づいたのは、ハドソン夫人は心が温かく人を引きつけるところが多々あるが、ロジャー・ハドソンのほうはどちらかと言うと陰気だという点だ。

「なにか新しい番組を検討中だとか？」

　ハドソン夫人がダナに訊いた。

「ええ、そうなんです。番組の題名は『犯罪商売』に決まりました。事件が迷宮入りになり、そのおかげで罪をのがれている人を追及したり、逆に冤罪で刑に服している人たちに救いの手を差し伸べるのが番組の主旨です」

　ロジャー・ハドソンが口を開いた。

「そういう番組ならワシントンからはじめたらいいですよ。ここここそ、高い地位にありながら悪事に手を染めてほくそ笑んでいるワルたちが住むところだからね」

「ロジャーは政府の綱紀粛正委員を何期も務めたんですよ」

　パメラ・ハドソンは誇らしげに言った。

「効果もずいぶんあげたよ」

夫が低い声で調子を合わせた。

「いまの世の中、いいことと悪いことのケジメがだんだんはっきりしなくなっている。学校で教えないからいけないんだが、本当は家で親が教えるのがいちばん効果があるんだがね」

ハドソン夫人がダナを見て言った。

「ところで、来週の土曜日にロジャーとわたしでちょっとしたパーティーを催すんだけど、おひまだったら参加しません？」

ダナはにっこりした。

「ありがとう。もちろんお邪魔します」

「連れの人も来られるんでしょうね？」

「ええ、ジェフ・コナーズを連れてきます」

ロジャー・ハドソンが口をはさんだ。

「おたくの番組のスポーツキャスターをやってる人だ？」

「ええ、そうです」

「悪くないね。わたしも彼のリポートをときどき見るよ」

ロジャー・ハドソンは言った。

「会えるのを楽しみにしている」

ダナはにっこりした。

「ジェフも喜んでお邪魔すると思います」

ダナとケマルがハドソン家を出ようとしているとき、ロジャー・ハドソンがダナを部屋のすみにひっぱっていった。

「正直に言って、ミス・エバンス。あなたのウィンスロープ一家謀殺説は空想の産物以外のなにものでもないと思うけど、おたくの社長から持ってこられた話でもあるから、具体的になにかあったのかどうか、もう一度周囲を当たってみるつもりだ」

「それはどうもありがとうございます」

〝正直に言って、ミス・エバンス。あなたのウィンスロープ一家謀殺説は空想の産物以外のなにものでもないと思うけど、おたくの社長から持ってこられた話でもあるから、具体的になにかあったのかどうか、もう一度周囲を当たってみるつもりだ〟

〝それはどうもありがとうございます〟

テープに録音されていた会話はそこで終わった。

第九章

新番組、『犯罪商売』に関する連絡会議がダナのオフィス内で開かれていた。会議に参加していたのはダナのほかにリポーターや調査員たち、計六人ほどだった。助手のオリビアがドアからのぞいて言った。

「社長がお話したいそうです、ミス・エバンス」

「すぐ行くって伝えておいてちょうだい」

「ボスがお待ちかねですよ」

社長秘書のアビー・ラズマンが愛想よく言った。

「ありがとう、アビー。今日はまたずいぶん元気そうね」

アビーがうなずいた。

「昨日はじめてよく眠れたのよ。あんなにぐっすり眠れたのは本当にはじめて――」

「ダナかな？　そんなところでおしゃべりなんかしていないで、早く中に入りなさい」

部屋の奥から社長の声が聞こえてきた。

「話のつづきはあとでね」

そう言うアビーのまえを通りすぎて、ダナは社長室に入った。

「ロジャー・ハドソンとの会談はどうだった？」

いきなりそう訊かれて、ダナは戸惑った。

「ハドソン氏はこの件にあまり興味がないようです。わたしの推理を空想だと決めつけていました」

「彼が好人物じゃないことは警告しておいたはずだぞ」

「それでもずいぶん我慢してくれたみたいです。奥さんは魅力的な方ですね。ワシントン社交界の愚かさについての彼女の話はちょっとした聞き物でした」

「知ってるよ。彼女は政治家の奥さんとして申し分のない人だ」


ダナは役員専用のダイニングルームで社の新オーナーのエリオット・クロムウェルと出くわした。

「一緒に食べないか？」

クロムウェルがダナを誘った。

「では、遠慮なく」

ダナはクロムウェルのとなりの椅子に腰をおろした。

「ケマルはどうしてる？」

ダナは話すのをためらった。

「目下、問題をかかえています」

「ほう、どんな問題を？」

「ケマルは退学になったんです」

「なぜ？」

「けんか相手に重傷を負わせてしまったんです」

「それじゃ退学もやむをえないな」

「悪いのはケマルの方じゃないって、わたしには自信があります」

ダナはきっぱりした口調で言った。

「きっとまた片腕のことをからかわれたんでしょう」

「片腕がないのは、彼には本当に負担だろうね」

「それはそうです。だからせめて義手をつくってやろうと思っているんです。でも、それにも問題があるようなんです」

「ケマルはいま何年生なのかな？」

「中学一年です」

エリオット・クロムウェルはしばらく考えてから言った。

「リンカーン進学中学校のことは知ってるね？」

「ええ、知っています。でも、あそこは入るのが難しいそうじゃないですか」

ダナはさらに言った。

「それに、ケマルの成績はそれほどよくないんです」

「あそこの学校に多少コネがあるんだ。よかったら話してみるけど？」

「そ、それは助かります。ぜひやってみてください」

「喜んで」

その日、遅くなってから、クロムウェルはダナを呼んで伝えた。

「いい知らせだよ、ダナ。リンカーン進学中学校の校長に話したところ、ケマルをテスト的に入学させてもいいそうだ。明日の朝、彼を学校のほうに連れていってやってくれるかな?」

「もちろん、喜んで――」

そのニュースの価値がダナの頭にピンとくるまで、しばらく時間がかかった。

「すばらしいわ。ありがとう、エリオット。わたし、本当に感謝します。どうもありがとう」

「知っておいてもらいたいんだ、ダナ。わたしはきみの人柄に惚れているんだ。ケマルをこの国に連れてきたきみのその勇気を讃えたいんだよ。きみはただ者じゃない」

「わたし――ありがとう」

ダナは感激しながらクロムウェルのオフィスを出た。

〈ケマルをあの学校に入れてもらえるなんて、夢のようだわ。相当のコネがなきゃ、できなかったでしょうに。エリオットって本当にいい人だったんだ〉

リンカーン進学中学校は、エドワード七世時代風の大きな本館と三棟の別館から成る堂々たる構えの学校である。広いグラウンドはよく手入れされていて、遊び場も緑でおおわれている。

校門のまえに立って、ダナはケマルに言いきかせた。

「ここはワシントンでいちばんいい学校なのよ。しっかり勉強しなきゃダメよ。分かった？」

「〝スイート〟」

「それから、けんかしちゃダメ」

ケマルは答えなかった。

ダナとケマルは校長室に案内された。女性校長のロアンナ・トロットはなかなかの美人で、愛想もよかった。

「ようこそ」

開口一番にそう言うと、校長はケマルに顔を向けた。

「あなたのことはいろいろ聞いていますよ。一緒に勉強できるのを楽しみにしていました」

ダナはケマルがなにか言うのを待っていたが、彼が黙っているので、あわててその場をつくろった。

「ケマルもここに来られるのを楽しみにしていました」

「それはよかった。ここでならいい友達ができると思いますよ」

ケマルはそこに突っ立ったまま、なにも答えなかった。

そのとき、年配の婦人が校長室をのぞいた。それを見て校長が言った。

「ベッキー先生よ。ベッキー、こちらはケマル。ケマルに校内を案内してくれないかしら？できたら先生たちにも紹介してちょうだい」

「分かりました。じゃ、こちらにいらっしゃい、ケマル」

ケマルは哀願するような目でダナをちらりと見てから、ベッキー先生について部屋の外に出た。

「ケマルについて少し説明しておきたいんです」

ダナは校長に話しはじめた。

「あの子は――」

校長はダナを制した。

「その必要はありません、ミス・エバンス。事情はエリオット・クロムウェル氏からよく聞いています。ケマルは想像もできないような地獄を生き抜いてきた子供です。学校としてもそれなりの寛容さをもって遇するつもりです」

「ありがとうございます」

ダナは感謝の気持ちでいっぱいだった。

「セオドア・ルーズベルト中学校から彼の成績表をもらっています。ここへ来た以上、もっとがんばってもらわなくてはいけませんね」

ダナはうなずいた。

「ケマルは決してバカな子ではありません」

「そうでしょうとも。彼の数学の成績がそれを証明しています。ほかの科目でも成績が上がるよう、やる気を起こさせるのが肝心でしょう」

「片腕がないことを彼はそうとう気に病んでいます」

ダナは言った。

「それを克服できるといいんですが」

トロット校長は賛意を示してうなずいた。

「もちろんです」

校内を案内されて戻ってきたケマルを連れて、ダナは車に向かって歩いた。

「あなたもきっとこの学校が好きになるわよ」

ケマルは無言だった。

「すばらしい学校じゃない？」

「そうかな」

ダナは足を止めてケマルを見つめた。

「どうしてそんなふうに言うの？」

「だってテニスコートもあるし、フットボールのグラウンドもあるけど、どうせぼくにはできないんだから」

ケマルは目に涙をためながら言った。ダナは思わずケマルの肩に腕をまわして抱きしめた。

「あなたにできることもきっとあるはずよ」

〈早くこの子に義手をつくってやらなくちゃ〉


土曜の夜のハドソン家のディナーパーティーは参加者全員がタキシードを着用する正式なものだった。ハドソン家自慢の美しい部屋はどこも、首都ワシントンにあって世界を動かしている実力者たちでいっぱいだった。国防長官に、下院議員、連邦準備制度理事会議長、それにドイツ大使の顔などが見える。

ダナがジェフを連れてやってきたとき、ロジャーとパメラのハドソン夫妻は玄関口に立って来客を迎えていた。ダナは夫妻にジェフを紹介した。

「あなたのスポーツコラムはわたしもよく見ているよ」

ロジャー・ハドソンはジェフに言った。

「ありがとうございます」

ハドソン夫人がダナに言った。

「あとで今日来ている人たちに紹介するわね」

温かみのあるあいさつが交わされた。紹介された人たちの多くは世間によく知られた顔だった。彼らの話を信用するなら、ほとんどみんながダナのファンか、ジェフのファンか、もしくは両方のファンだった。

ジェフとふたりきりになったときに、ダナが耳打ちした。

「すごいわ。世界中に知られている顔ばかりよ」

ジェフは彼女の手をにぎって言った。

「中でもいちばんの有名人はきみだよ」

「そんな」

ダナは否定した。

「わたしは単なる――」

そのときダナは、連邦調査局ＦＲＡの親玉、ブースター将軍とその副官、ストーン少佐がこちらに向かってくるのに気づいた。案の定、ふたりはダナのまえで止まった。

「こんばんは、将軍」

ダナがあいさつした。

ブースター将軍はダナを見下ろし、例の乱暴な口調で言った。

「こんなところで何をしているんだね、きみは？」

ダナは顔が赤くなった。

「ここは社交の場だぞ」

将軍はなおも言った。

「なぜメディアが顔を出すんだ？」

ジェフがカッとなって将軍に食ってかかった。

「言いすぎじゃないですか。わたしたちにだって同等の権利が――」

ブースター将軍はジェフを無視してダナのほうに顔を近づけた。

「わたしの言ったことを忘れないように。自分からトラブルを求めるようなことはしないほうがいい」

それだけ言うと、将軍はひとりでその場を離れていった。ジェフは信じられない思いで彼のうしろ姿を見送った。

「何なんだ、あいつは？」

その場に残っていたストーン少佐が顔を赤らめながら取りつくろった。

「失礼はお許し願いたい。将軍はときどきああなんですよ。もう少し思慮分別があればと思うんですが」

「同感だね」

ジェフが皮肉をこめて言った。

その夜の夕食は夢のようにすばらしかった。それぞれのカップルのまえには手書きのメニューが置かれていた。

ベルガキャビアと、ウォッカクリームチーズ付きロシアンパンケーキ
ホワイトトリュフとグリーンアスパラガス入りキジのコンソメ
ボストンレタスとクセレスビネガードレッシング添えビスマルクフォアグラ
モレイシャンパンソースがけメイン・ロブスター・テルミドール
ローストポテト〝オルロフ〟および野菜炒め添えヒレビーフ〝ウェリントン〟
オレンジリキュール添え温チョコレートスフレ

これ以上はない豪勢な夕食だった。


自分の席が、パーティーの主、ロジャー・ハドソン上院議員のとなりだと知ってダナはびっくりした。

〈きっとパメラが気を配ってくれたんでしょう〉

「パメラに聞いたんだけど、ケマルがリンカーン進学中学校に入学したんだそうだね？」

ダナは笑顔をロジャー・ハドソンに向けた。

「ええ。うちの会長のエリオット・クロムウェルさんが頼みこんでくれたんですよ。あの人はうわさどおりのやり手です」

ロジャー・ハドソンはうなずいた。

「そうだってね」

彼は言いたくなさそうにしながら話しだした。

「これはとくに意味がないかもしれないが、タイラー・ウィンスロープ氏は駐ロシア大使になる少しまえに、身近な人たちに、自分は公の世界から完全に引退した身だと話していたらしい」

ダナは顔をしかめた。

「それでいながらなぜ駐ロ大使を引き受けたんでしょう?」

「それはわたしにも分からん」

〈不思議だわ〉


帰りの車のなかでジェフがダナに訊いた。

「きみはなにをしてブースター将軍の機嫌をあんなに損ねたんだい?」

「彼は、わたしがウィンスロープ家の人たちの死について調査するのが気に入らないのよ」

「どうしていけないんだい？」

「彼から説明はないわ。ただ吠えるだけ」

ジェフが心配そうな顔で言った。

「吠えられるだけならいいけど、あいつに嚙まれたら始末が悪いぞ、ダナ。ああいう役人は敵に回さないほうがいい」

ダナはけげんな目でジェフを見つめた。

「〝ああいう役人〟って？」

「連邦調査局だぞ。調べるのが仕事なんだ」

「知っているわ。発展途上国に生産性の向上を指導するのが連邦調査局の役目なんでしょ？」

ジェフは笑った。

「きみもずいぶんおめでたいな」

ダナはなおも不思議そうな目でジェフを見つづけた。

「おめでたいって、何のこと？」

「発展途上国の指導なんてカムフラージュさ。連邦調査局の真のねらいは、外国のスパイをスパイすることと、連中のコミュニケーションを盗聴することなんだ。そんな秘密機関の親玉ににらまれたら、たまったもんじゃないぜ」

ダナはハッとした。

「タイラー・ウィンスロープも連邦調査局の長官を務めたはずよ。興味津々だわ」

「頼むから、おれのアドバイスを聞いてくれ、ダナ。ブースター将軍には近づくな。できるだけ無関係にしていろ」

「わたしもそのつもりよ」

「それで、今夜は家に直行しなければならないんだろ？　ベビーシッターのいいのが見つからなかったから？」

ダナは彼の肩に顔を寄せた。

「ところが、いいベビーシッターが見つかったのよ。遅くなってもかまわないんだって。あなたのところに寄りましょ」

ジェフはにんまりした。

「うまく行く日もあるもんだな」


ジェフのこぢんまりしたアパートは、マディソン通りに建つ四階建てのビルの中にある。ジェフはダナを連れてまっすぐベッドルームに向かった。

「もっと広いアパートに引っ越そうな」

ジェフが言った。

「ケマルにも独立した部屋が必要だろうから、どうせなら——」

「どうせなら、いまそんな話しないでくれる？」

ジェフは腕を伸ばしてダナを抱き寄せた。

「そうだったな」

ダナの背中にまわしたジェフの手がだんだん下におりて彼女のヒップをやさしくなではじめた。

「いい体してる。自分で分かってるのか？」

ジェフはダナの服を脱がしはじめた。

「男たちはみんなそう言ってくれるわ」

ダナは軽口で応じた。

「わたしの体がいいのは、ちまたのうわさよ。ところで、あなたは裸にならないの？」

「どうしようか、いま検討中だ」

ジェフの手を払うと、ダナは彼のシャツのボタンをはずしはじめた。

「男たらしめ」

ダナはニコッとした。

「そのとおりよ」

ジェフが素っ裸になるまえに、ダナはベッドに入って待っていた。ジェフの腕のなかは夏の日差しのように暖かくて心地よかった。ジェフはタフなだけでなく、繊細で、相手の気持ちが分かる恋人なのだ。

「愛しているわ」

ダナがささやいた。

「愛しているよ、ダーリン」

ジェフが彼女の上になろうとしたとき、携帯電話のベルが鳴った。

「きみのかな？　それとも、おれのかな？」

ふたりは笑った。ベルは鳴りつづけていた。

「おれのだ」

ジェフが言った。

「鳴らしとけ」

「なにか大切な電話かもしれないわよ」

ダナが言った。

「そうだな」

ジェフはふくれっ面で起きあがり、携帯電話をひっぱりだした。

「ハロー？」

彼の口調がたちまち変わった。

「いや、かまわない……いま話してくれたほうがいい……もちろん……心配することはないと思うよ。たぶん単なるストレスから来るんじゃないのか？」

彼の電話は五分もつづいた。

「そうだな……まあ心配しないで……ああ、いいよ……じゃ、おやすみ、レイチェル」

ジェフがようやく電話を切った。

〈別れた奥さんがこんなに遅く電話してくるなんて、ちょっとおかしくないかしら？〉

「どうかしたの、ジェフ？」

「いや、なんでもない。レイチェルだよ。働きすぎて疲れたんだろ。休みをとれば元気になるさ」

ジェフはダナに腕を回してやさしく言った。

「おれたち、どこまでやったっけ？」

そう言うなり、彼はダナの裸の体を引きよせた。魔法の時間がはじまった。

ダナの頭の中からすべての問題が消え去った。彼女はウィンスロープ家のことも、ジョアン・シンジーのことも、ブースター将軍のことも、ベビーシッターのことも、ケマルのことも、学校のことも忘れた。命は、喜びと情熱の祝いに変わった。

事が終わってから、ダナが元気のない声で言った。

「シンデレラはカボチャの馬車に戻る時間よ」

「そのすばらしい体がカボチャの馬車にかい？　だったら、おれが乗り物を用意しよう」

ダナは仰向けになっているジェフを見下ろした。

「もう用意できてるんじゃない？　じゃ、もう一度乗っちゃおうかしら」


ダナが自分のアパートに帰ると、ベビーシッターサービス会社から派遣されていたベビーシッターが彼女の帰りを待ってしびれを切らしていた。

「もう一時半ですよ」

ベビーシッターは非難がましく言った。

「ごめんなさい。どうしても約束があって」

ダナはベビーシッターにチップをはずんだ。

「この辺りは物騒だからタクシーで帰ってちょうだい。じゃ、また明日の夜お願いね」

「ミス・エバンス、お話しておいたほうがいいと思うのですが……」

「なんのこと？」

「あなたの帰りが遅いので、ケマルは、あなたがいつ帰るんだってせっついてばかりいたんですよ。彼は不安定になっています」

「忠告ありがとう。それじゃ、おやすみなさい」

ダナはケマルの部屋に行ってみた。彼はまだ起きていて、コンピューターゲームで遊んでいた。

「ハーイ、ダナ」

「あなた、もう寝ている時間でしょ？」

「ダナが帰るのを待っていたんだ。パーティーは楽しかった？」

「ええ、とっても。でも、あなたがいないので寂しかったわ、ダーリン」

ケマルはコンピューターゲームのスイッチを切った。

「これからも毎晩出かけるの？」

ダナは質問の背後にあるケマルの気持ちを考えてみた。

「なるべくあなたと一緒にいるようにするわね、ダーリン」

第十章

その電話は、誰の紹介もなしに月曜日の朝、突然かかってきた。

「ダナ・エバンスさん？」

「ええ、そうですけど」

「わたしは児童救済基金のジョエル・ハーシバーグ博士と申します」

ダナは不思議に思いながら耳を傾けた。

「はあ？」

「息子さんに義手をつけることで困っていらっしゃると聞いたんですが？」

妙な電話に、ダナはどう答えていいか戸惑った。

「誰からそんな話をお聞きになったんですか？」

「おたくの会長さんのエリオット・クロムウェル氏から聞いたんです」

ダナは事情がのみこめた。ハーシバーグ博士の話はつづいていた。

「わたしどもの基金は戦災で障害を負った子供たちを救済するためのものです。詳しい事情はクロムウェル氏から聞いています。おたくのお子さんの場合、条件に完全に合致しますので、一度こちらに連れてきていただけたら、なにかとご協力できると思うのですが――」

「はあ、そういうことなら、もちろん――」

ふたりはその日の夕方会うことにした。

ケマルが学校から戻るのを待ってダナがうれしそうに言った。

「今日これから一緒にお医者さんのところへ行くのよ。新しい義手をつけられるかどうか検討してもらうの。いい話でしょ？」

ケマルは返事をためらった。

「さあね。どうせ本物の腕じゃないんでしょ」

「最新技術を使ったできるだけ本物に近い腕よ。つけてみないとそのよさは分からないでしよ？」

「〝クール〟」

ハーシバーグ博士は四十代の後半といった年格好で、熱心そうで、いかにも時代の先端を行っていそうな好男子である。

三人があいさつを交わしあってから、ダナが言った。

「最初にお断わりしておきたいんですが、支払いの点である程度ご猶予願いたいんです。まえにも診てもらったことがあるんですが、そのときの話ですと、ケマルはいま成長期ですから、何か月かごとに――」

ハーシバーグ博士がダナの話をさえぎった。

「電話でも説明したとおり、わたしどもの児童救済基金はとくに戦争による障害児を救済するためのものです。費用のことは心配しないでください。わたしどものほうで面倒を見ますから」

ダナは肩の荷をおろしたようにホッとした。

「それはどうもありがとうございます」

そう言いながら彼女は胸のなかで唱えていた。

〈エリオット・クロムウェルに神の祝福を〉

ハーシバーグ博士はケマルに向かって身を乗りだした。

「それでは、きみの状態を見せてくれるかな？」

三十分ほどしてから博士がダナに説明した。

「最新式のものをつけられそうです」

博士は壁にかかっている図面を引いて開けた。

「義手には二種類あります。ケーブルで腕を動かすものと、筋電性のもの。最近の筋電性のものはまさに芸術品です。この図で見るとおり全体はプラスチックでできていて、グローブの部分は本物の手のようです」

博士はケマルにほほえみかけた。

「見たところ本物にそっくりだぞ」

ケマルが質問した。

「その手は動くんですか？」

「ケマル、手を動かそうと思ったことはあるかい？　なくなった手のほうだけど？」

博士は逆にケマルに質問した。ケマルは即答した。

「ええ、あります」

博士はケマルのほうに身を乗りだした。

「それでだ。なくなったほうの手をきみが動かしたいと思うと自動的に筋肉が反応して筋電シグナルを発するんだ。まあ、分かりやすく言うと、きみが手を開きたいと思ったら手は開き、閉じたいと思ったら閉じるわけだ」

ケマルの表情がパッと明るくなった。

「へえ、そんなことができるの？　でも、取ったりつけたりが大変なんでしょ？」

「いや、それがとても簡単なんだよ、ケマル。吸着式で、ただつければいいだけなんだ。腕の表面は薄いナイロンでおおわれていて、水泳はできないけど、ほかのことにならなんでも使える。まあ、靴だと思えばいい。夜寝るときは脱ぐけど、朝起きたらまたつけるんだ」

「重さはどうなんですか？」

ダナが訊いた。

「軽いので二〇〇グラムくらい。重いのになると五〇〇グラムくらいになるかな」

ダナはケマルのほうを見て顔をほころばせた。

「どう？　やってみたい？」

ケマルは興奮を隠そうとした。

「本物に見えるんですね？」

ハーシバーグ博士がにっこりした。

「うん、うん、本物にそっくりだ」

「〝ラッド〟」

「義手はいますぐにでもつけられるけど、慣れるのには相当時間がかかる。専門のセラピストの指導を受けて筋電シグナルのコントロールの仕方を覚えなければならないからな」

ケマルはフーッとため息をついた。

「〝クール〟」

ダナはケマルの肩を抱きしめた。

「すばらしいわ」

彼女はこみあげてくる涙を懸命にこらえていた。ふたりの様子を眺めていたハーシバーグ博士がにっこりした。

「それじゃ、仕事にとりかかりますか」


局に戻ると、ダナはまっすぐ会長のオフィスに向かった。

「エリオット、わたしたち、ハーシバーグ博士に診てもらったところです」

「そりゃよかった。それで、ケマルの腕はなんとかなるんだろ？」

「ええ、なんとかなりそうです。あなたになんと言って感謝していいか――」

「ダナ、そんなに気を使わなくていいんだ。役に立てただけでうれしい。その後の経過も聞かせてほしい」

「ええ、もちろんです」

〈あなたに神の祝福を〉


「花束が届きました」

助手のオリビアが大きな花束をかかえてダナの部屋に入ってきた。

「まあ、綺麗なこと！」

ダナは歓声をあげた。彼女は添え書きの封筒を開けてカードを読んだ。


親愛なるミス・エバンス。吠える友は嚙みつく友よりも始末悪し。花をどうぞ。

ジャック・ストーン少佐

ダナはカードを見つめながらしばらく考えた。

〈おもしろいわ。ジェフはたしか逆なことを言っていた。吠えられるよりも嚙まれるほうが始末が悪いって〉

ジャック・ストーン少佐はいまの仕事を嫌っているな、とダナには読めた。

〈仕事だけじゃなく、少佐は自分のボスをも嫌っている〉

これは、記憶にとどめておくべき要素である。


ダナは連邦調査局に電話してジャック・ストーン少佐を呼んだ。

「ストーン少佐？　綺麗な花束をどうも。お礼を——」

「いまオフィスですか？」

「ええ、わたしは——」

「わたしのほうからかけ直します」

電話は一方的に切れた。三分ほどしてから少佐がかけ直してきた。

「ミス・エバンス、われわれが話していることをわれわれの共通の友達に知られないほうがいいでしょう。彼をなだめようとずいぶん努力したんですが、なにせ頑固な男なもんで。もしあなたのほうでわたしが必要なら——緊急の場合はですけど——わたしの携帯電話の番号を教えておきます。そこにかけてくれれば、いつでもつかまりますから」

「それはどうも」

ダナは教えられた番号をメモした。

「それから、ミス・エバンス——」

「はい？」

「いや、いいんです。まあ、とにかく気をつけてください」


話はその日の朝のことに戻るが、ジャック・ストーン少佐がオフィスに出ると、ブースター将軍が先に来て彼を待ちかまえていた。

「ジャック、あのエバンスという売女はトラブルメーカーのような気がする。放っておくとなにをやりだすか分からん。彼女のことを徹底的に調べあげ、なにか弱点があったらわしに知らせてくれ」

「承知しました」

〈とは言ったものの、彼女とはなんのコネもない〉

少佐が花束を送ったのは、そのコネをつくるためだった。


テレビ局の役員用ダイニングルームでダナとジェフが話しこんでいた。話題はケマルの義手に及んだ。ダナが言った。

「わたし、うれしくてしょうがないの、ダーリン。これで世界が変わりそうよ。ケマルは劣等感からいつもけんか腰だったけど、それもこれで変わると思うの」

「彼もうれしいだろうな」

「しかも費用のいっさいを児童救済基金が負担してくれるなんて、わたし、ありがたくて――」

そのとき、ジェフの携帯電話が鳴った。

彼はボタンを押して応答した。

「ちょっと失礼」

「ハロー?……ああ……」

ジェフはダナをちらりと見てからつづけた。

「いや、いいんだ……話してくれ……」

聞いてはいけない電話だと直感して、ダナはなるべく聞かないようにした。それでも、すぐ横で話されていたから、ジェフの声はいやでも耳に飛びこんできた。

「うん……そうか……そうなのか……心配することはないと思うよ。でも、医者には診てもらったほうがいいんじゃないか。いまどこからかけているんだい?……ブラジル?……だったら、いい医者もいるはずだ。もちろん……分かった……いや、かまわない……」

電話は、いつ終わるのかと思えるほど長話になっていた。ジェフの口からようやく別れの言葉がもれた。

「じゃあ、気をつけてね。さよなら」

ジェフが携帯電話をしまうのを待って、ダナが言った。

「レイチェルからでしょ?」

「うん。なんか体調が悪いんだって。リオでの撮影もキャンセルしたらしい。仕事を中途半端で投げだすような彼女じゃないんだけど」

「なぜあなたに電話してきたの、ジェフ?」

「彼女が頼れるのはおれしかいないんだよ、ハニー」


「さよなら、ジェフ」

いつまでもジェフと話していたかったレイチェルだが、そうもいかず、やむなく受話器を置いた彼女は、窓から遠くに見えるシュガーローフ山の頂上を眺め、眼下のイパネマ海岸を見下ろした。それから寝室に行き、ベッドの上に寝そべったが、体がだるくて手足に力が入らなかった。

今日一日のことが夢のように脳裏をよぎっていく。スタートはいつものように快調だった。

午前中は砂浜でアメリカンエキスプレスのためのコマーシャル撮影をこなしていた。

昼ごろにディレクターが言った。

「最後のはすごくよかったぞ、レイチェル。でも、念のためにもう一回行こう」

〃はい〃と答えようと思いながらレイチェルは、反対のことを言う自分の声を聞いた。

「ごめんなさい。もうできません！」

ディレクターはびっくりして彼女を見つめた。

「なんだって？」

「疲れたんです。これ以上は無理です」

彼女はくるりと背を向けると、逃げるようにその場を去っていった。すたすたと歩きつづけ、ホテルに着くと、ロビーを通り抜け、とりあえず安住の部屋へ直行した。体がガタガタ震えていた。吐き気もした。

〈わたし、どうしちゃったのかしら？〉

ひたいに手を当ててみると熱もあった。

彼女が受話器をとりあげ、ジェフに電話したのはそのときだった。彼の声を聞いただけでレイチェルは気分がだいぶ楽になった。

〈ジェフに祝福を！　電話をすると彼はいつでもいてくれる。わたしの生命線だわ〉

話し終えてから、レイチェルはベッドに横になったまま考えつづけた。

〈わたしたち、うまくいっていたのに。彼は明るくてわたしをいつも笑わせてくれたわ。趣味も似ていて一緒にいるのが楽しかった。なのにわたしって、どうして彼と別れてしまったのか

しら?〉

結婚生活が終わりを迎えたときのことを彼女は忘れることができない。

それは、突然かかってきた一本の電話からはじまった。

「レイチェル・スティーブンスさんですか?」

「ええ、そうですけど」

「こちらはロデリック・マーシャルの事務所です」

その名を知らない者はいないだろう。ハリウッドの売り出し中の監督である。

ちょっと間があって本人が電話口に出た。

「ミス・スティーブンス?」

「はい、そうですけど?」

「ロデリック・マーシャルです。わたしが誰かはご存じでしょ?」

彼女はロデリック・マーシャル監督の作品をいくつか見ていた。

「もちろん存じあげています、ミスター・マーシャル」

「あなたの写真を見ていたんだけどね、いまフォックスではこういう顔が欲しいんだ。ハリウッドに来てスクリーンテストを受けてみませんか?」

突然の話にレイチェルは戸惑った。

「さあ……わたし、演技したことがないので、それはちょっと……」

「心配しなくていいんだ。わたしに任せなさい。経費はいっさいこちらで負担する。テストを監督するのもわたしだから。なるべく早いほうがいいんだ。いつ来られる？」

レイチェルはなにも考えずスケジュールを参照した。

「三週間後でしたら」

「よかった。こちらではすべての用意をして待っているから」

電話を切ってからレイチェルははじめて気がついた。

〈いけない。答えるまえにジェフに相談すべきだった〉

しかし、彼女はあくまでも軽く考えた。

〈そんなこと、ジェフは気にしないでしょう。どうせいつもすれ違いの夫婦なんだから〉


「ハリウッドだって？」

ジェフは同じ言葉を何度もくりかえした。

「どうってことないわよ、ジェフ」

ジェフはうなずいた。

「分かったよ。じゃあ、ちょっと行ってやってこいよ。きみなら映画でも大スターさ」

「一緒に来てくれるでしょ？」

「そうはいかないよ、ハニー。月曜日にはクリーブランドで試合があるんだ。それからワシントンに移って、それが終わったらシカゴだ。そのあとも予定がびっしり組まれている。先発ピッチャーが行方不明になったら大騒ぎになるさ。残念だけど、今回はだめだ」

レイチェルは気軽な口調を装った。

「わたしたちって、いつもすれ違いなのね。そうでしょ、ジェフ？」

「しょうがないじゃないか。お互い仕事を持っているんだから」

レイチェルはなにか言いかけたが、思いとどまった。

〈がまんしなきゃ〉


ロサンゼルス空港でレイチェルは、撮影所の従業員が運転するどでかいリムジンに迎えられた。

「わたしの名前はヘンリー・フォードです」

運転手はハハハと笑った。

「冗談です。わたしはみんなからハンクって呼ばれてます」

リムジンは滑るように車の流れに溶けこんでいった。運転手はなんだかんだとレイチェルに言葉をかけつづけた。

「ハリウッドははじめてですか、ミス・スティーブンス？」

「いいえ、何度も来ているわ。最後に来たのは二年まえだったかしら」

「二年まえとはだいぶ変わりましたよ。街は大きくなったし、ますます華やかになっている。あなたもハリウッドのきらびやかな世界に入ったら、必ずはまりますよ」

〈わたしがハリウッドの一員になる？〉

「撮影所の手配であなたの部屋はシャトー・ママンに予約してあります。有名人が泊まるホテルですよ」

レイチェルは感激したふりをした。

「本当？」

「本当ですよ。ベルーシが麻薬の打ちすぎで死んだのもあのホテルですよ」

「まあ！」

「クラーク・ゲーブルがよく利用していましたよ。ポール・ニューマンとかマリリン・モンローなんかもね」

いったんスターたちの名前を口にすると運転手の話はとどまるところを知らなかった。レイチェルはもう聞いていなかった。

シャトー・ママンはサンセット・ストリップの北にあり、映画のセットの城のような構えである。ホテルのまえに来てから〝ヘンリー・フォード〟が言った。

「今日二時にあなたを撮影所に連れていきます。そこでマーシャル監督がお会いします」

「分かりました。用意しておきます」


二時間後、レイチェルは監督のオフィスに来ていた。ロデリック・マーシャルは背が低く、見かけは小粒だが、発電機のようにエネルギーにあふれた四十代の男である。

「ハリウッドに来てよかったと思わせてやるからな」

監督は自信たっぷりに言った。

「きみを大スターにしてやる。カメラテストは明日だ。わたしの助手が衣装部に案内するから、そこで好きなものを選びなさい。テストするシーンは名画の『夢の終わり』からとる。明日の朝七時にメーキャップと髪のセットをするけど、これははじめてじゃないよな？」

レイチェルは抑揚のない声で答えた。

「ええ」

「きみはひとりで来たのかな、レイチェル？」

「ええ」

「今夜一緒に夕食というのはどうだい？」

レイチェルはちょっと考えた。

「ええ、いいですよ」

「じゃあ、きみを八時にピックアップする」


夕食会は期せずして街の名所巡りになった。観光客が行くような名所ではなく、流行の最先端を行く今いちばんホットな場所を竜巻のようにかけめぐった。

「行く場所を間違えずに——しかもちゃんと入れてもらえたら」

マーシャル監督は得意げに話した。

「世界でいちばんホットなクラブはここロサンゼルスに集まっているんだ」

〝名所巡り〟はサンセット大通りにある《ザ・スタンダード》からはじまった。ここのレストランもバーもホテルもいままさに〝トレンディ〟なのである。フロントのまえを通りかかったレイチェルは思わず足を止めて目を見張った。フロントデスクの横、曇りガラスの向こう側にあるのは生きた人間の絵である。ヌードモデルが絵としてポーズをとっているのだ。

「なかなかだろ？」

「信じられない」

レイチェルは思わずつぶやいた。

クラブはどこも雑踏のように込んでいた。クラブ巡りが終わると、レイチェルは疲れ果ててしまった。マーシャル監督が彼女をホテルのまえで降ろした。

「今夜はよく寝たほうがいいぞ。明日はきみの人生が変わるんだから」


朝の七時にレイチェルはメーキャップルームに入っていた。メーキャップマンのボブ・ヴァン・ドゥセンが見とれるように彼女をながめまわした。

「美を鑑賞させてもらってお金をもらえるなんて悪いですね」

レイチェルは笑った。

「メーキャップはあまり必要ありませんね。自然を生かしたほうがあなたは美しい」

「ありがとう」

メーキャップが終わると、衣装係の女性に手伝ってもらって、まえの日に選んでおいたドレスを身に着けた。それから、アシスタントディレクターに案内されてサウンドステージに入った。サウンドステージは競技場のように巨大だった。

マーシャル監督と撮影班が用意万端整えて彼女を待っていた。監督はレイチェルを頭のてっぺんから足の先までながめまわしてから言った。

「完璧だ！　テストは二種類行なう。きみはこのいすに座り、わたしがいろいろ質問する。カメラが映すのはきみの顔だけだ。地で行けばいい」

「分かりました。では、もう一種類のテストはどんなことをするんですか？」

「まえにも言ったとおり、短いシーンのカメラテストだ」

レイチェルがいすに腰をおろすと、カメラマンがレンズの焦点を合わせた。マーシャル監督はカメラの視界の外に立って言った。

「用意はいいかな？」

「はい」

「よし。じゃあ、リラックスして。きみはすてきだよ。カメラ、アクション！　グッドモーニング、レイチェル」

「グッドモーニング」

「あなたはモデルだそうだね？」

レイチェルはにっこりした。

「ええ、そうです」

「モデルになったきっかけは？」

「わたしが十五歳のとき、モデルエージェンシーの社長がレストランで母親と一緒にいるわたしを見かけたんです。その社長はわたしたちのところに来て母親と交渉しました。その三日後にわたしはモデルになっていました」

インタビューは気楽な雰囲気のなかで十五分間つづいた。レイチェルの知性や上品な身のこなしが随所ににじみ出ていた。

「カット！　すばらしい！」

監督は彼女にこれからするテストシーンの脚本を渡した。

「ここで休憩する。そのあいだにこれを読んでおいてくれ。きみが暗記できしだい撮影に入る。なかなかだぞ、レイチェル」

レイチェルは脚本を読んだ。妻が夫に離婚を申し出る場面である。レイチェルは何度もくりかえして読んだ。

「暗記できました」

レイチェルは相手役のケビン・ウェブスターに紹介された。いかにもハリウッドのスターらしいハンサムな若者である。

「ようし」

監督が声をあげた。

「はじめよう。カメラ、アクション！」

レイチェルは相手役の目を見つめて言った。

「離婚のことだけど、今朝わたし、弁護士と話したの」

「聞いたよ。でも、弁護士に相談する前にまずぼくに話すべきじゃないのか」

「話したわよ。去年話したじゃないの。こんなの、もう結婚生活じゃないって。でも、あなたは耳を傾けなかったわ、ジェフ」

「カット！」

監督が声をあげた。

「彼の名前は〝ジェフ〟じゃなくて〝クリフ〟だ」

レイチェルは困惑して言った。

「すみません」

「もう一度行こう。テイク　ツー！」

〈このシーンはわたしとジェフそのままだわ〉

そう思わずにはいられないレイチェルだったが、映画の一シーンを演じて自分たちの現状を確認させられるなんて、なんとも皮肉と言うしかなかった。

〈わたしたちの生活はもう夫婦の体をなしていないわ。いつもすれ違いで、寝起きは別々なんですもの。お互いすてきな人に出会っても、もう価値を失っている〝結婚〟という契約書のために、新しい恋もできないんだ〉

「レイチェル！」

「ごめんなさい」

シーンはくり返された。

カメラテストが終わるまでに、レイチェルの胸にはふたつの決心ができていた。ひとつは、自分はハリウッドには向かないこと。

もうひとつは、自分の気持ちも離婚を求めていること。


疲れ果て、だるい体をベッドに横たえながら、いまリオデジャネイロのホテルでレイチェルは後悔していた。

〈ジェフと離婚したのは間違いだった〉


火曜日、学校から戻るのを待って、ダナはケマルをセラピストのところへ連れていった。ケマルに義手の使い方を訓練してくれる専門家である。義手は本物の手のように見え、機能もすぐれていたが、ケマルにとっては慣れるのが大変だった。肉体的にも精神的にも、機能する〝手〟とはほど遠く、彼にとってはむしろお荷物だった。

「はじめは違和感がありますけどね」

セラピストがダナに説明した。

「それを慣れさせるのがわたしたちの仕事です。たっぷり二、三か月はかかります。断わっておきますが、自由に使えるようになるまでにかなり苦労すると思いますよ」

「あの子ならやれるでしょう」

ダナは請け合った。


訓練はセラピストが警告した以上に困難だった。ある朝ケマルは義手をつけずに部屋から出てきた。

「ぼくの用意はできたけど」

ダナは彼を見てびっくりした。

「あなたの腕はどうしたの、ケマル？」

ケマルは得意顔で左手をあげた。

「ここにあるけど」

「ふざけないで。あなたの義手はどうしたの？」

「あんなのインチキだよ。もうぼくはつけたくない」

「慣れればうまく使えるようになるのよ、ダーリン。あきらめちゃダメ」

「ぼくは片腕しかないんだ。誰に手伝ってもらったって、これは変わらないよ」

ダナはふたたびアブラム刑事を訪ねた。ダナが刑事の部屋に足を踏み入れたとき、刑事は忙しそうに報告書をタイプしていた。ダナを見ると刑事は顔をしかめた。

「もうこの仕事にはうんざりだ」

刑事は書類の山を指さした。

「こんなことをやっているよりも街でドンパチぶっ放していたほうがよっぽど楽しいよ。あっ、いけね。あんたは記者だったっけね。いまの話は聞かなかったことにしてくれ」

「もう手遅れよ」

「それで、今日のご用向きは、ミス・エバンス？」

「シンジーさん墜落死事件の件で少しお尋ねしたくて。司法解剖はされたんですか？」

「当然」

刑事は机の引き出しから書類をとりだした。

「報告の中でなにかおかしな点はありませんでした？」

ダナは刑事が報告書に目を通すのを見守った。

「アルコール反応はなし……ドラッグ反応もなし……おかしな点はなにもないな」

刑事は顔をあげた。

「どうやらご婦人は精神的に落ち込んで、自分から命を絶とうと決めたらしいな。知りたいのはそれだけかね？」

「ええ、それだけでけっこうです」

ダナの次の行き先はウィルソン刑事の部屋である。

「おはよう、ウィルソン刑事」

「売れっ子キャスターがこのみすぼらしいオフィスにお出ましになる理由は何なのかな？」

「ゲーリー・ウィンスロープ氏殺害事件に関してその後なにか新しいニュースはないかと思いまして」

ウィルソン刑事はため息をついてから小鼻をかいた。

「それがまったくないんだ。しばらくしたら盗まれた絵のひとつぐらいは表に出てくると踏んでいたんだがね。正直言って、警察もそれを当てにしていたんだ」

〈わたしだったら、そんなもの当てにしないわ〉

ダナはそう言いたかったが、口を慎んだ。

「糸口はなにも見つかっていないんですか？」

「ただのひとつもね。いまのところ、やつらは完全に逃げおおせている。美術品の窃盗事件はそんなにないんだけど、手口はいつも同じなんだ。そこがこの事件の不思議なところだね」

「不思議なところ？」

「ああ。この事件だけは手口が変わっているからね」

「どういうふうに変わっているんですか？」

「ふつう、美術品の窃盗犯は丸腰の人間を殺したりはしない。ゲーリー・ウィンスロープ氏を情け容赦なく撃ち殺さなければならない理由なんかないんだからな」

刑事はそこでひと息ついてからさらに言った。

「この件についてなにか特別に関心のあるところでもあるのかね？」

「いいえ」

ダナはうそをついた。

「なにもありません。ただの好奇心です」

「そうか」

刑事はダナを追いだすような口調で言った。

「じゃ、またなにかあったら」


人里離れた連邦調査局本部の長官室で打ち合わせが行なわれていた。お開きになるまえに、ブースター将軍がジャック・ストーン少佐に質問した。

「エバンスとかいうあの女め、その後どうしてる？」

「あちこちでつつき回っています。でも、害はありませんよ。なにも出てきませんから」

「あいつに嗅ぎまわられるのは気に入らん。コード3で対応しろ」

「いつからはじめますか？」

「〝昨日〟からだ」


ダナが自分のオフィスで次の放送の準備をしているところに、マット・ベーカー社長がやってきて、いすにドカッと座りこんだ。

「きみのことについていま電話をもらったところだ」

ダナは軽口で答えた。

「わたしのファンって熱狂的でしょ？」

「いや、こいつはかなり冷めている」

「はあ？」

「電話は連邦調査局からだ。タイラー・ウィンスロープの件に関してきみが調査をつづけるのをやめてもらいたいと言っている。正式な要請ではない。友人としてのアドバイスにとどめている。よけいなお世話だと連中は言いたいらしい」

「よけいなお世話とは、意味深ね」

ダナは社長の視線をとらえて離さなかった。

「調査をやめろって言ってくること自体が不自然です。社長だってそうお思いなんでしょ？政府の調査機関がなんて言ってこようと、わたしはひるみません。そもそものスタートは、タイラー夫妻が自宅で焼死したアスペンにあるんです。まず現地に踏みこんでみます。もしなにか出てきたら、『犯罪商売』の第一回目の放送で使ったら特ダネになると思うんです」

「時間はどのぐらい必要なのかね？」

「一日か二日でできるはずです」

「じゃ、いいだろう。やってきたまえ」

第十一章

レイチェルは体を動かすのもやっとだった。体がだるくて、フロリダの自宅の部屋から部屋へ移動するだけでもしんどかった。体の調子がこれほど悪いのははじめてだった。

〈悪性のインフルエンザにでもかかったのかしら？　ジェフの言うとおり、お医者さんに診てもらったほうがよさそう。とりあえず熱い湯に浸かって体を温めてみよう……〉

レイチェルが湯船のなかで体を伸ばし、手で胸をさわったときだった。乳房の奥に変なしこりが感じられた。

彼女を最初に襲ったのは〝ショック〟だった。つぎに頭に浮かんだのは〝否定〟である。

〈なんでもないはずよ。ガンなんてありえないわ。タバコは吸わないし、エクササイズもして、体の調子をいつも整えている。家系にガンを患った者はいない。すぐ医者に診てもらうけど、なんでもないって言ってくれるはずよ〉

湯船から出たレイチェルは体を拭くと、電話をかけた。

「ベティ・リッチマン・モデルエージェンシーです」

「ベティ・リッチマンと話したいんですけど。レイチェル・スティーブンスからだって言ってください」

ちょっと間があってからベティ・リッチマンが電話に出た。

「レイチェル！　あなたからの電話を待っていたのよ。大丈夫なの？」

「もちろん大丈夫よ。どうしてそんなことを訊くんですか？」

「だってあなた、リオの撮影を中途半端にしちゃったでしょ。もしかして——」

レイチェルは笑った。

「いいえ、ただ疲れただけなのよ、ベティ。もう元気になったから、やる気まんまんよ」

「それはいいニュースだわ。あなたの予約をとりたがっているスポンサーばっかりよ」

「わたしはいつでもできるわ。つぎの予定はなあに？」

「ちょっと待ってね」

ガサゴソ書類をめくる音がしてから、リッチマンが電話に戻った。

「つぎの撮影はアルバであるわ。スタートは来週からよ。ゆとりがあっていいでしょ？　このスポンサーはずっとあなたの予約がとれるのを待っていたのよ」

「アルバはわたしも大好き。オーケーしておいてください」

「分かったわ。あなたが元気になってよかった」

「わたしは本当に元気だから大丈夫」

「それじゃあ、スケジュールの詳細を送るわね」


翌日の二時にレイチェルは、予約しておいたエルギン医師を訪問した。

「こんにちは、エルギン先生」

「どうされたのかな？」

「右胸に小さな〝のう胞〟があるんです。それで――」

「ほう、もう誰か医者に診てもらったのかね？」

「いいえ、〝のう胞〟くらいは自分でも分かります。まだ小さいんですけど、わたしの体のことは自分がいちばんよく知ってますから。それで、先生に顕微手術でとり除いてもらいたいんです」

彼女はにっこりして続けた。

「わたし、モデルをしているものですから、傷が残っては困るんです。小さな斑点ぐらいならメーキャップでカバーできますけど。じつは来週アルバに出かけるんです。ですから明日かあさってにでも予定を組んでいただけないでしょうか？」

エルギン医師は状況を考えながらレイチェルの様子を観察した。彼女の落ちつき方はどこか不自然だった。

「まず診察しましょう。それから病理テストをして、必要なら、一週間以内に手術を済ませるのも可能です」

レイチェルはにっこりした。

「そうしていただけたら好都合です」

エルギン医師は立ちあがった。

「では別室に行きましょう。看護婦にガウンを持ってこさせますから」

十五分後、看護婦が見守るなか、エルギン医師はレイチェルの乳房の奥のしこりをつまんだ。

「さっきも言ったように、〝のう胞〟ですよ、先生」

「まあ、誤診がないように病理テストをしたほうがいいでしょう。ここでできますから」

組織をとりだすための細い針を乳房に刺されても、レイチェルは痛そうな顔はせず、あえて平然としていた。

「もう済みましたよ。どうってことなかったでしょ？」

「ええ、どうってことありませんでした。いつ……？」

「これをすぐ研究所に送れば、明日の朝には予備的な報告をもらえるでしょう」

レイチェルはふたたびほほえんだ。

「よかった！　これから家に帰ってアルバへ出かける支度をします」


家に戻ったレイチェルはまずスーツケースをふたつ取りだし、それをベッドの上で開けた。それからクローゼットに行き、アルバにふさわしい衣装を選んだ。

メイドのジャネットが部屋に入ってきて言った。

「あら、またお出かけなんですか、ミス・スティーブンス？」

「ええ、そうよ」

「今度はどちらへ？」

「アルバよ」

「どこなんですか、そこは？」

「カリブ海にあるとてもきれいな島。ベネズエラのちょうど北にあるの。海岸はきれいだし、すてきなホテルに、おいしい食べ物。天国みたいなところよ」

「うらやましいわ」

「ああ、それからね、ジャネット。わたしの留守中は週に三回来て掃除しておいてくれる?」

「かしこまりました」


つぎの日の朝九時に電話が鳴った。

「レイチェル・スティーブンスさんですか?」

「ええ、そうですけど」

「医師のエルギンです」

「おはようございます、先生。手術のスケジュールがとれたんですか?」

「ええ、それがですね、いま研究所から報告が届いたところなんです。その件について詳しく説明したいので、わたしのところに来ていただけますか?」

「いま電話で聞かせてもらえませんか、先生?」

医師は少し躊躇しているような様子だった。

「電話で話すのはちょっとなんなんですが、とりあえず研究所の報告を申し上げると、どうやら乳房のしこりはガンのようですな」

電話が鳴ったとき、ジェフはスポーツコラム用の原稿を執筆中だった。彼は受話器をとりあげた。

「もしもし?」

「ジェフ……」

彼女は泣いていた。

「レイチェルなのか? どうしたんだ? なにがあったんだ?」

「わたし――わたし乳ガンなの」

「オー マイ ゴッド! 程度はどうなんだ? 深刻なのか?」

「それがまだ分からないの。これから精密検査を受けなければならないんだけど、ジェフ。わたし、怖いわ。あれこれお願いして悪いんだけど、一緒にいてくれない? あなたがいてくれたら――」

「あのね、レイチェル。おれは今いろいろ――」

「一日でいいの。その説明を聞くまで……分かるでしょ、わたしがどんなに怖がっているか」

彼女はさらに声を大きくして泣きだした。

「レイチェル……」

ジェフはどう答えていいのか分からなくなった。

「なんとかしてみるよ。あとでおれのほうからかけ直す」

彼女は激しくしゃくりあげていて、それ以上は話せなかった。


ダナは制作会議から戻るとすぐ助手のオリビアを呼んで言った。

「明日の午前中のアスペン行きの飛行機を予約しておいてちょうだい。それからホテルとレンタカーも一緒にね」

「分かりました。それから、ジェフさんが来てオフィスでお待ちですよ」

「ありがとう」

ダナがオフィスに足を踏み入れると、ジェフは窓辺に立って外を眺めていた。

「ハーイ、ダーリン」

ジェフがこちらをふり向いた。

「ハイ、ダナ」

ジェフの表情はいつもと違っていた。ダナは心配そうに婚約者の顔をのぞいた。

「あなた、どうかしたの？」

「どっちとも答えられる質問だな」

彼は重々しい声で言った。

「〝イエス〟とも言えるし、〝ノー〟とも言える」

「まあ、座りましょう」

ダナはそう言うと、ジェフに向かいあって座った。

「なにがどうしたの？」

ジェフは大きなため息を吐いた。

「レイチェルが、乳ガンになったんだ」

ニュースはダナにとってもショックだった。

「そ、それはお気の毒に。それで、あの人は大丈夫なの？」

「今朝、彼女から電話があったんだ。どのぐらい深刻なのかこれから知らされるらしい。それで彼女はパニックになっているんだ。事態に直面する勇気がないからおれにフロリダに来てくれって泣きつかれちゃってね。それで、まずきみと相談しようと思って——」

ダナは立ちあがるとジェフのそばに行き、両腕を広げて彼を抱いた。

「もちろん行ってあげなさいよ」

ダナは昼食会のことを思いだした。あのときのレイチェルは本当に愛らしかった。

「一日か二日で戻るよ」

ジェフは社長室に来ていた。

「事情が事情なんです、社長。二、三日休ませてください」

「大丈夫なのか、ジェフ？」

「ええ、わたしは大丈夫なんですけど、じつはレイチェルが――」

「きみの先妻だな？」

ジェフはうなずいた。

「ガンにかかっているのが分かったんです」

「それは大変だな」

「それで彼女はしばらくのあいだ精神的な支えを欲しがっているんです。今日の午後にでもフロリダに飛ぼうかと思いまして」

「行ってやりたまえ。きみの代理はフォルステインにやってもらう。結果が分かったらわたしにも知らせてくれ」

「ええ、そうします、社長。ご迷惑をかけてすみません」

それから二時間後、ジェフはマイアミ行きの機中にあった。

ダナのさしあたっての問題はケマルをどうするかだった。

〈誰か信頼できる人に預けなくちゃ。じゃないと安心して出かけられないわ〉

ダナは思った。

〈でも、誰が洗濯や掃除や、世界一強情な子の面倒を見てくれるというの？〉

ダナは思い余ってハドソン上院議員の妻、パメラに電話してみた。

「ご面倒かけて悪いんですけど、パメラ。わたし、仕事でしばらく留守にするんです。そのあいだうちの子を見てくれる人を探してるんですけど、誰か忍耐強い家政婦をご存じないでしょうか？」

パメラは考えてしばらく沈黙した。

「そうね。ちょうどいい人がいるわ。メアリー・ダレーという名前の家政婦なんだけど、昔うちの手伝いをしていた人なの。あの人なら大丈夫よ。連絡がついたら、あなたのところに電話させるわね」

「ありがとう、助かります」


一時間後、助手のオリビアが連絡してきた。

「メアリー・ダレーという人から電話がかかっていますけど」

ダナは受話器をとりあげた。

「ミセス・ダレー？」

「はい、そうです」

温かそうな声にはきついアイルランドなまりがあった。

「ハドソンさんからうかがったんですけど、お子さんの面倒を見る人が必要だとか？」

「ええ、そのとおりよ」

ダナはありのままを言った。

「わたし、一日か二日家を留守にしなければならないの。明日の朝来てくれますか？ そうですね、七時ではどうですか？ そのときいろいろ説明しますから」

「ええ、おうかがいできます。いまわたし何もしていなくて、ちょうどよかったです」

ダナはダレー夫人に自分の住所を教えた。

「それでは、明日の朝七時にお邪魔します、ミス・エバンス」


つぎの朝、ダレー夫人は七時ちょうどにやってきた。五十代とおぼしき彼女は、でっぷりと太り、その身ぶり手ぶりからして元気がよさそうだった。ダレー夫人はくったくなく笑ってダナと握手を交わした。

「お会いできて光栄です、ミス・エバンス。わたし、時間があるときはいつもあなたのニュース番組を見ているんですよ」

「それはどうも」

「それで、お子さんはどこにいらっしゃるんですか？」

言われてダナは大声を張り上げた。

「ケマル！」

ケマルが部屋から出てきた。ダレー夫人を見た彼の顔に書いてあるのは〝うるさそうなババア〟だった。

ダレー夫人は少年に向かってにっこりした。

「あなたがケマルね？　不思議な名前ね。おばさん、はじめて聞くわ。そういえば、あなた、相当のいたずらっ子に見えるわね」

夫人はケマルに近寄った。

「わたしは料理が得意なの。なんでも好きなものを注文してちょうだいね。仲よくやりましょう、ケマル」

〈そう願いたいわ〉

ダナは祈るような気持ちで思った。

「わたしが留守のあいだずっとケマルと一緒にいてもらえますか、ミセス・ダレー？」

「承知しました、ミス・エバンス」

「助かります」

ダナはホッとして言った。

「ごめんなさい、家はあんまり広くないんです。寝る場所と寝具は――」

ダレー夫人はにっこりした。

「どうぞご心配なく。そこの長いすはベッドにもなりますよね？　わたしにはそれで充分です」

ダナはフーッと安堵のため息をもらしてから、時計に目を落とした。

「これからケマルを学校に連れていきますから、一緒に行きません？　あとで一時四十五分に迎えに行ってやってください」

「はい、承知しました」

ケマルが心配そうな顔をダナに向けた。

「また戻ってくるよね、ダナ？」

ダナは両腕をケマルの肩にまわした。

「戻ってくるに決まってるでしょ」

「いつ？」

「二、三日したらね」

〈それまでになんらかの結論は得られるでしょう〉

ダナが出勤すると、彼女の机の上にきれいな包みが置かれていた。不思議に思いながら彼女は包みを開けた。中から出てきたのは美しい金の万年筆だった。添えられていたカードにはこう書いてあった。

〝ディア　ダナ。安全な旅行を〟

サインは〝ギャング〟となっていた。
〈彼も粋なことをするわね〉
ダナは金ペンをバッグのなかに忍ばせた。

ダナが搭乗をはじめるころ、作業服を着たひとりの男が、まえにワートン夫妻が住んでいたアパートの呼び鈴を鳴らした。ドアが開き、アパートの新しい住人が顔を出した。住人は男の顔を見てうなずくと、ドアをバタンと閉めてしまった。男は廊下を歩いていき、今度はダナのアパートの呼び鈴を鳴らした。

ダレー夫人がドアを開けた。

「なんでしょう?」

「エバンスさんに頼まれてテレビの修理に来たんですけど」

「はあ、そうなんですか。では、どうぞお入りください」

ダレー夫人は、男がテレビのところへ行き、仕事をはじめるのを見守った。

第十二章

ジェフがマイアミ国際空港に着くと、約束どおりレイチェルが迎えに出ていた。
〈マイ　ゴッド！　彼女はなんて美人なんだ〉
久しぶりでレイチェルを見るジェフの正直な印象だった。
〈病気にはとても見えない〉
レイチェルが駆け寄って両腕をジェフの肩に投げた。

「オー、ジェフ！　来てくれてありがとう。うれしいわ」

「あいかわらず綺麗だな」

ジェフは感じたことをそのまま言った。ふたりは待たせてあるリムジンに向かって歩いた。

「結局はなんでもなかったということになるかもね」

「もちろんそうなるに決まってるさ」

車が動きだしてからレイチェルが訊いた。

「ダナは元気？」

ジェフは答えるのをためらった。ガンを宣告された先妻に向かってこれから結ばれる女性との幸せを並べ立てるわけにいかなかった。

「まあまあだけど」

「あんな人を奥さんにできるなんて、あなたはラッキーだわ。わたし言ったかしら？　撮影で来週からアルバへ行くの」

「アルバへかい？」

「ええ、そうよ」

彼女は話しつづけた。

「わたしがその仕事をどうして引き受けたか分かる？　わたしたちのハネムーンの思い出の地だからよ。泊まったホテルの名前、なんて言ったっけ？」

「オランヘスタード」

「きれいなホテルだったわね。一緒に登ったあの山の名前はなんて言ったっけ？」

「フーイベルク」

レイチェルはにっこりすると、甘えるような声で言った。

「あなたはなんでも覚えているのね」

「ハネムーンのことを忘れるやつなんていないさ」

レイチェルは手をジェフの腕の上に置いた。

「天国みたいだったわよね？　あんなに白い砂浜、わたし見たことがない」

ジェフもにっこりした。

「あのときぎみは日焼けするのを怖がって、ミイラみたいに体じゅうをタオルでくるんでいたね」

ふたりのあいだにしばらく沈黙が流れた。

「そのことでわたし、とても後悔しているのよ、ジェフ。もっと思う存分しておけばよかった――」

「なんのことだい？」

ジェフは意味が分からなくて彼女の顔を見た。

「わたしたち、しそこなったでしょ――いいのよ、もう。いまさら言っても仕方ないから」

レイチェルは彼の目を見つめて小さな声で言った。

「あなたと一緒にアルバにいたあのときがいちばん楽しかった」

話の流れを変えたくてジェフが言った。

「いいところだよな。釣りはできるし、ウィンドサーフィンに、シュノーケリング、テニス、ゴルフ……」

「でもわたしたちって、なんとなくせわしなくて、そのどれもしなかったわね？」

ジェフは笑った。

「そうだったな」

「明日の朝、精密検査なの。わたし、ひとりで行くのが怖いわ。一緒に来てくれるでしょ？」

「もちろんだよ、レイチェル」

レイチェルの家に着くと、ジェフは自分のバッグをリビングルームへ運び、広い部屋をぐるっと見まわした。

「いいところだね。とてもいいところだ」

レイチェルは両腕をジェフの肩にまわした。

「ありがとう、ジェフ」

ジェフには彼女が震えているのが分かった。

精密検査をする病理研究所はマイアミの繁華街の高層ビルの中にあった。レイチェルは看護婦に連れられ着替え室へ行き、病院用のガウンに着替えてからレントゲン室へ行かされた。検査が終わるまでジェフは待合室で待つことになった。

「十五分くらいで終わりますからね、ミス・スティーブンス。では、はじめますよ」

「はい」

レイチェルは落ちついていた。

「結果はいつ教えてもらえるんですか？」

「結果については腫瘍専門の先生から聞いてください。明日の午前中に結果が出ますから」

〈わたしの運命は明日決まるのね〉

紹介されたのはスコット・ヤングという名の腫瘍専門医だった。レイチェルはジェフに伴われて医師のオフィスに入り、いすに腰をおろした。腫瘍専門医はレイチェルをちらりと見てから言った。

「残念ですが、悪いニュースです、ミス・スティーブンス」

レイチェルはジェフの手をにぎりしめた。

「はあ」

「生検と映像による精密検査の結果、転移性のガンができているようです」

レイチェルの顔からさっと血の気が引いた。

「それは――どういうことなんでしょうか？」

「乳房の切除手術が必要だということです」

「ノー！」

本能的に出た言葉だった。

「それはだめです――ほかの治療法もあるんでしょ？」

「残念ながら、あなたのガンはすでに相当進行しています」

専門医はやさしい口調で言った。レイチェルはしばらく黙っていたが、やがて口を開いた。

「手術と言われても、すぐにはできません。来週アルバで撮影の予定が組まれているんです。そのあとでしたら――」

ジェフはさっきから心配そうに医師の顔をうかがっていた。

「手術はいつしたらいちばんいいんですか、先生？」

医師はジェフに顔を向けた。

「一刻も早いほうがいいでしょう」

ジェフは思わずレイチェルの顔を見た。彼女は泣きだしそうになるのを懸命にこらえていた。

口を開いたとき、レイチェルの声は震えていた。

「〝セカンド・オピニオン〟を選択します」

重大な手術が必要だと診断されたとき、念のために別の医師の診察を受ける患者の権利のことだ。

「もちろんけっこうです」


レイチェルが訪問した別の専門医、キャメロン博士はレントゲン写真を見ながら言った。

「お気の毒ですが、わたしの結論もヤング先生と同じです。乳房の切除手術を勧めます」

レイチェルは絶望感を声に出さないように平静を装った。

「ありがとうございます、先生」

彼女はジェフの手をにぎりしめてから、さらに言った。

「そういうことですね。だったら仕方ありません」


ヤング医師はふたりが現われるのを待っていた。ふたりは椅子に座った。すぐレイチェルが切りだした。

「先生の意見が正しかったようです。ただ、わたしとしては――」

長くてせつない沈黙がつづいた。ようやくレイチェルがささやくように言った。

「分かりました。どうしても避けられないことでしたら、やむをえません」

「苦痛は最小限にとどめるよう努力します」

ヤング医師が言った。

「手術をするまえに整形外科医を呼んで、乳房の復元について相談しようと思うんです。最近の整形外科は奇跡的なことをいろいろやりますからね」

レイチェルがこらえきれなくなってワッと泣きだした。その彼女を、ジェフが腕を伸ばしてやさしく抱いた。


首都ワシントンからアスペンへ直行する便はなかった。やむなくダナは、デルタ・エアラインでデンバーまで飛び、そこでユナイテッド・エクスプレスの便に乗り換えた。機中でのダナは、絶望しているであろうレイチェルに対する同情心から、彼女のことばかり考えていて、あとから思いだしても飛行機をどこでどう乗り継いだかぜんぜん覚えていなかった。

〈モデルなのに、よりによって乳ガンだなんて。乳房の切除ということになったら仕事はできなくなる。あの人の未来はどうなるのかしら?〉

彼女は、レイチェルがこれからくぐらなければならない地獄の苦しみを思いやった。

〈ジェフに付き添ってあげるよう言ってよかったわ。レイチェルも気分がいくらかでも楽になるでしょう〉

それからダナはケマルのことも心配だった。

〈ダレー夫人はわたしが帰宅するまでちゃんといてくれるかしら——〉

フライトアテンダントの声がスピーカーから聞こえてきた。

「この機はあと五分でアスペン空港に着陸します。シートベルトをお締めになり、いすの背もたれを元の位置にお戻しください」

ダナはようやく旅の目的に意識を集中しはじめた。


社長室にオーナー会長のエリオット・クロムウェルが現われた。

「今夜の番組にダナは出ないそうだね？」

「ええ、そうなんです。彼女はいまアスペンに行っています」

「例のタイラー・ウィンスロープ推理をまだ追いかけているんだな？」

「そうです」

「彼女の行動がどうも気になるんだ。なにかあったら知らせてもらいたい」

「分かっています」

マット・ベーカーは、部屋を出ていくクロムウェルのうしろ姿を見送った。

〈放っておけばいいのに。気にしすぎだ〉

空港に着くと、ダナはまっすぐ空港ビル内にあるレンタカーのカウンターへ向かった。レンタカーのカウンターでは、カール・ラムゼー博士と名乗る男が係員とやりあっていた。

「一週間もまえに予約したんだぞ」

係員は低姿勢だった。

「それは分かりましたが、ラムゼー博士。でも、なにかの手違いで予約がこちらに届いていないんです。車があればいくらでもお貸しできるのですが、今日はみんな出払っていて一台も残っていないんです。エアポートバスの便もありますし、よろしかったらタクシーを呼んで差し上げますが——」

「もういい！」

ドクター・ラムゼーなる男はそう言い捨てると、ツンツンしてその場を去っていった。

入れ違いにダナがカウンターに歩み寄った。

「予約したんですが。ダナ・エバンスです」

係員はにっこりした。

「はい、承っております、ミス・エバンス。お待ちしていました」

ダナが契約用紙にサインを済ませると、係員は彼女にキーを渡しながら言った。

「スペース1に駐めてある白い〝レクサス〟です」

「ありがとう。ああ、それから、リトル・ネル・ホテルへ行く道順を教えてくれます？」

「ああ、行けばすぐ分かりますよ。街のまん中にありますから。住所は東デュラント通り675です。なかなかいいホテルですよ」

「ありがとう」

係員は、立ち去っていくダナのうしろ姿を見ながら思った。

〈今日の忙しさは異常だ。いったい何があったって言うんだ！〉


《リトル・ネル》は風光明媚なアスペンの山のふもとに建つ、スイスの山小屋風のエレガントなホテルである。ロビーには天井にまで届く大きな暖炉があり、冬のあいだは活きのいい炎が消えることなく灯っている。大きな窓からは、雪におおわれたロッキー山脈の峰々が眺望できる。スキーウェアを着た宿泊客たちがあちこちに置かれた大きないすに腰をおろしている。ロビーを見まわしてダナは思った。

〈ジェフだったらきっと気に入るわ。あの人はこういうところが好きだから。そのうち一緒に……〉


宿泊カードにサインを済ませてから、ダナはフロントの係員に尋ねた。

「タイラー・ウィンスロープ氏の邸宅はどこにあるのかしら。もしかしてご存じ？」

係員は、変なことを訊く人だとでも言いたげな目で彼女を見た。

「タイラー・ウィンスロープ氏の邸宅？　もうなくなりましたよ。火事で跡形もなく燃えてしまいました」

「それは分かっています」

ダナは言った。

「ちょっと見ておきたいだけなんです」

「行っても、あそこにあるのは灰だけですよ。それでも見たいんでしたら、まっすぐ東へ向かってコナンドラム渓谷まで行ってください。ここから十キロほどです」

「ありがとう。それじゃ、わたしの荷物を部屋に入れておいてもらえますか？」

「かしこまりました、ミス・エバンス」

返事を聞くと、ダナは部屋へは上がらず、車に戻り、東へ向かった。

コナンドラム渓谷にあるタイラー・ウィンスロープ氏の邸宅跡地は国立森林公園のすぐそば

だった。かつて建っていた屋敷は平屋で、土地が産出する石とレッドウッドをふんだんに使った美しい建築だったという。人里離れた静かな敷地内にはビーバーが棲む大きな池があり、渓谷からの支流が流れていた。敷地内から見渡す景色は息をのむほどすばらしかった。その美しさのまん中に、不気味な切り傷跡のように、ふたりの人間が焼死した家の焼け残りが転がっていた。

ダナは何がどこにあったのか考えながら、敷地のあちこちを歩いてみた。焼け跡からも、大きな家だったことが分かる。平屋だったというから、一階に窓やドアがたくさんあったはずだ。にもかかわらず、ウィンスロープ夫妻はそのどこからも脱出できなかった。

〈これは、ぜひ消防署の話を聞いてみる必要がある〉

消防署に入っていくと、ひとりの男が彼女に近づいてきた。三十代くらいで、背が高く、雪焼けしていて、スポーツ選手タイプに見えた。

〈スキーのコーチかしら?〉

男を値踏みしている彼女に、当人が話しかけてきた。

「なんのご用ですか、マダム?」

ダナは話を適当につくろった。

「タイラー・ウィンスロープ氏宅の火災に関する記事を読んだんですけど、それにちょっと興味を持ちまして」

「ああ、あの火事ね。あったのは一年前ですよ。この町で起きた最悪の出来事って言えるかな」

「火災は何時ごろ起きたんですか？」

妙なことを訊く女だと彼は思ったかもしれないが、そんなことはぜんぜん顔に表わさなかった。

「起きたのは夜中でしたね。消防署に連絡が入ったのは午前三時で、消防車は三時十五分には現場に着いていました。しかし、時すでに遅く、家は松明のように燃えさかっていました。中に誰かいるとは知りませんでした。鎮火してはじめて二つの遺体を見つけたんです。あのときのやり切れなさったらありませんでしたよ。本当です」

「出火の原因はなんだったんですか？」

男はうなずいた。

「ああ、原因ね。それははっきりしています。漏電です」

「どんな種類の漏電だったんですか？」

「わたしもこまかくは知らないんですが、火災が起きる一日まえに電気工事屋が来て、どこかを直したらしいんです」

「直した箇所はご存じないんですね？」

「火災報知機のどこかが故障していたんだと思います」

ダナは気軽な口調を装った。

「修繕した電気工事屋さんはどこの誰だったんですか——もしかして名前をご存じ？」

「いや、知らないけど、警察に行けば分かるんじゃないかな」

「いろいろありがとう」

男ははじめて不思議そうな顔をした。

「どうしてこんなことに興味を持つんです？」

ダナはまじめくさって言った。

「わたしいま、米国中のスキーリゾートと火災の関係について調べているんです。それに関する記事を書くものですから」


アスペン警察署はレンガづくりの平屋建てで、ダナが泊まっているホテルからほんの数分のところにあった。

机に向かって座っていた署員が、顔をあげると、大きな声を張り上げた。

「あんたはダナ・エバンス！　テレビに出ている人だ？」

「ええ、そうです」

「わたしはターナー分署長です。どんなご用件でしょうか、ミス・エバンス？」

「タイラー・ウィンスロープ夫妻が焼死した火災について、ちょっと調べたいことがあるんです」

「ああ、あれね。あれは悲劇だった。土地の人たちはまだショックから抜けだしていませんよ」

「分かります」

「イエップ。救えなかったのはまずかった」

「火災は漏電が原因だそうですね？」

「そのとおりです」

「放火の可能性は？」

ターナー分署長は顔をしかめた。

「放火？　いやいや。原因は漏電でした」

「火災が起きる前の日にウィンスロープ邸で電気系統の修繕をした電気屋さんがいるそうですけど、その人と話したいんです。名前はご存じですね？」

「ファイルを見ればあるはずです。チェックしてみましょうか？」

「ええ、お願いします」

分署長は受話器をとって二言三言話すと、ダナのほうに向き直った。

「アスペンははじめてですか？」

「ええ、そうです」

「いいところですよ。スキーはやるんですか？」

「いいえ」

〈でもジェフは上手よ。今度彼と一緒に来たら……〉

職員がやってきて分署長に書面を渡した。ターナーはそれをダナに渡した。書面には、〝アル・ラーソン電工社、ビル・ケリー〟と書いてあった。

「その工事店は下の道をちょっと行ったところにありますよ」

「いろいろどうも、ターナー分署長」

「どういたしまして」

ダナが警察署を出たとき、道の向こうにいた男が顔をそむけ、携帯電話でなにごとか話しはじめた。


アル・ラーソン電工社は、灰色の小さなビルを構えていた。消防署にいた男性とそっくりな、雪焼けしたスポーツマンタイプの男が机に向かって座っていた。ダナがオフィスに入っていくと、男は顔をあげた。

「モーニング」

「モーニング」

ダナは相手に合わせてあいさつした。

「ビル・ケリーさんとお話したいんですけど」

男はうなった。

「あいつと話したいのはこっちだって同じさ」

「はあ？　なんておっしゃいました？」

「ケリーと話したいんでしょ？　やつは一年まえに失踪しちゃったよ」

「失踪ですって？」

「ああ。ふっと出たきり、いなくなっちゃったんだ。ひと言も断わりなしにね。その後、自分の給料をとりにも来ないんだ」

ダナは言葉に注意しながらひと言ひと言ゆっくり言った。

「それがあったのはいつだったか正確に覚えていますか？」

「ああ、もちろん。ちょうど火事のあった日だったよ。ウィンスロープ夫妻が焼け死んだ、あのでかい火事がね」

ダナの背すじに寒けが走った。

「なるほど。それでケリーさんがいまどこにいるのか、あなたは知らないんですね？」

「ノープ。いま言ったように、あいつはふっと消えちまったんだ」


南米のさる国の沖合に浮かぶその島は、到着するジェット機の爆音で朝からうるさかった。いよいよ会議がはじまる時間だ。正体不明の二十名ほどの客たちは、武装した警備員に守られながら、座り心地のよさそうないすに座り、司会者が現われるのを待っている。会議場があるビルは新築なのだが、会議が終わりしだい取り壊されることになっている。司会者が会議室の前方に現われた。

「みなさん、ようこそ。おなじみの顔や新顔の友人にお会いできて、うれしいかぎりです。新たに起きた問題について懸念されている方もいらっしゃるでしょうから、取り引きをはじめる前にひとこと言っておきたいと思います。われわれのなかに裏切り者がひとりいます。その男は、あろうことか、秘密をバラすとわれわれを脅しています。ここではっきり申しましょう。裏切り者はかならずつかまえます。引っ捕らえたら、裏切り者の運命を思うぞんぶん知らしめてやります。われわれは何者にも邪魔されません」

客たちはそれぞれに驚きの声をもらした。司会者が声をいちだんと大きくしてつづけた。

「それでは〝入札〟を粛々と進めましょう。今日は一括売りの取り引きが十六種あります。最初のからはじめます……まず二十億ドルからスタートしましょう。希望者は？　はい、それでは二十億。三十億はいませんか？」

第十三章

　夕方ホテル部屋に入り、いったん外出してから自室に戻ったダナはハッとして足を止めた。頭のなかで警鐘が鳴っていた。ダナは部屋のなかをぐるっと見まわした。すべてが、出ていったときと同じに見える。だが、なにか不自然だ。ダナは独特のカンで異変を嗅ぎとった。わたしの荷物がいじられている⁉

〈それとも、これもまた、わたしのなかの〝チキン・リトル〟のなせるわざなのかしら？〉

ダナは自嘲した。彼女はそれからすぐ自宅に電話を入れた。ダレー夫人が電話に出た。

「こちらはエバンス宅です」

〈彼女がまだいてくれてよかった！〉

「ダレー夫人ですね？」

「ミス・エバンス！」

「こんばんは。ケマルの様子はどうですか？」

「そうですね。ちょっとばかり手を焼いていますけど、なんとかなっています。うちの子もあんなふうですから、どうということはありません」

「では、すべてが……順調なんですね？」

「ええ、そうですよ」

ダナのため息は純粋に安心から出たものだった。

「ケマルを出してくれますか？」

「はい、かしこまりました」

夫人のケマルを呼ぶ声が受話器から伝わってきた。

「ケマル、あなたのお母さんからですよ！」

すぐにケマルの声が聞こえてきた。

「ハーイ、ダナ」

「ハーイ、ケマル。どう、調子は？」

「〝クール〟」

「学校はどうだった？」

「〝オーケー〟」

「ダレーさんとはうまく行っているのね？」

「うん。あの人は〝ラッド〟」

子供たちが言う〝ラッド〟とは〝サイコー〟ぐらいの意味だ。

〈彼女はそれ以上よ〉

ケマルに言われてダナは思った。

〈あの人は奇跡だわ〉

「いつ帰ってくるの、ダナ？」

「明日帰るわ。もう夕食は済んだの？」

「うん。まあまあだったよ」

ケマルのいつもとは違う弾んだ声を聞いて、ダナは〝あなた、本当にケマルなの？〟と訊きそうになった。いずれにしても、歓迎すべき変化だ。ダナは明るい気持ちになれた。

「それじゃね、ダーリン。明日会いましょう。おやすみなさい」

「おやすみなさい、ダナ」

ダナがベッドに入ろうとしているところに、携帯電話のベルが鳴った。ダナは電話をとりあげた。

「もしもし？」

「ダナ？」

たちまちダナの胸に喜びがこみあげてきた。

「ジェフ！　ああ、ジェフ！」

長距離通話に使える携帯電話を買った遠いあの日をダナはあらためて祝福した。

「きみの声が聞きたくて電話したんだ。寂しいよ」

「わたしもよ。いまフロリダにいるの？」

「ああ、そうだけど」

「どう、具合は？」

「それがよくないんだ」

ジェフの声にはためらいの響きがあった。

「実際に、かなり悪いね。レイチェルは明日、乳房の切除手術を受けることになってね」

「そんな！」

「彼女は参っているよ」

「気の毒だわ」

「ああ、運が悪いって言うしかないな。きみのところに早く戻りたいんだけど、そういうわけだから、悪しからず。おれはきみに夢中だからな。知ってるだろ？」

「わたしもあなたに夢中よ、ダーリン」

「なにか必要なものはあるかい、ダナ？」

〈あなたが必要よ〉

「いいえ、わたしのことは心配なく」

「ケマルはどうしている？」

「生活に慣れてきたみたい。新しい家政婦を見つけたのよ。それが、ケマルとうまが合いそうなの」

「それはいいニュースだ。早くきみに会いたくてうずうずしてるぞ」

「わたしだって同じよ」

「じゃ、気をつけてな」

「ええ、そうするわ。でもレイチェルが可哀そう。わたし、なんて言っていいのか、なぐさめる言葉もないわ」

「きみが同情していることを彼女に伝えておくよ。じゃ、おやすみ」

「おやすみなさい」

ダナはスーツケースを開け、アパートから持ってきたジェフのシャツを取りだした。それをナイトガウンの下に着ると、彼を愛しむようにシャツを抱きしめた。

〈おやすみなさい、ダーリン〉


つぎの日の朝、ダナはワシントンに舞い戻った。局に出るまえに自宅に立ち寄ると、元気いっぱいのダレー夫人に迎えられた。

「お帰りなさい、ミス・エバンス！　いやもう、息子さんにはほとほと手を焼かされました」

とは言ったものの、彼女は笑っていて、声は明るかった。

「なにかご面倒をかけたんですか？」

「面倒ですって？　いいえ、ぜんぜん。あなたが留守のあいだに息子さんは義手を上手に使えるようになったんですよ」

ダナは驚いて夫人の顔を見つめた。

「あの子が義手をつけたの？」

「ええ、もちろんです。学校にもつけていきましたよ」

「すばらしい！　わたしもうれしいわ」

ダナは時計に目を落とした。

「ああ、もう局に出なくちゃ。夕方に戻ってきて、そのときにケマルに会うわ」

「息子さんも早くあなたに会いたがっていますよ。さあどうぞ、お出かけください。わたしがスーツケースの荷ほどきをしておきますから」

「ありがとう、ミセス・ダレー」


ダナは社長室のいすに座り、向かいあって座るマット・ベーカーに、アスペンであったことを話していた。社長は信じられないといった顔で彼女の顔を見つめていた。

「その電気工事屋は火事が起きると同時に失踪したのかね？」

「給料も受けとらずにね」

「それで、そいつは火事が起きる前日にウィンスロープ邸のなかに入ったんだな？」

「そうなんです」

局長は首を横にふった。

「まるで不思議の国のアリスだ。ますますおかしくなるじゃないか」

「残った家族のなかで次に死んだのが長男のポールです。火事が起きてからそんなに経たないうちにフランスで事故死しました。ここまで来たら、せっかくですから、ぜひ現地へ行って調べてみたいんです。もしかしたら、彼が死んだ交通事故を目撃した人がいるかもしれません。二日もあれば できると思います」

「そうだな」

マット・ベーカーはうなずいた。

「ところで、会長がわざわざやってきて、きみのことを心配していたぞ。彼としてはきみに自重してもらいたがっている」

ダナは答えた。

「あの人はときどきお節介を焼きすぎるんです」


ダナが先に帰宅して待っているところに、ケマルが学校から帰ってきた。ケマルは義手をつけて、とても穏やかになったように見えた。

「帰ってきたんだね」

ケマルはそう言って彼女に抱きついた。

「ハロー、ダーリン。会いたかったわよ。学校はどうだった?」

「まあまあ。それよりも、旅行はどうだった?」

「よかったわよ。あなたにお土産があるわ」

そう言ってダナはケマルに、現地のインディアンが手編みした通学用かばんと、アスペンで買ったモカシンをあげた。しかし、喜ぶケマルをまえに、そのあとの説明が苦しかった。

「あのねケマル、実はわたし、もう二、三日留守にしなければならないの」

ダナは彼の反応が心配で思わず顔をこわばらせた。しかし、ケマルは「ああ、いいよ」と言っただけだった。

荒れだすような兆候はまったくなかった。

「なにかいいお土産を持ってきてあげるわね」

「出かけるたびにお土産をくれるの？」

ダナはにっこりした。

「あなたが大学生ならそんなことしないわ。でも、まだ小学六年生を終わったばかりでしょ」


男はウイスキーのグラスを手に、アームチェアにどっかり座ってテレビを見ていた。画面に映っているのは、ダナとケマルがテーブルについて夕食をとっている光景である。ダレー夫人がふたりの皿によそっているのはどうやらアイリッシュシチューらしい。

「おいしい」

ダナが声をあげた。

「ありがとう。お口に合ってうれしいです」

「料理が上手だって言ったとおりでしょ」

ケマルがダナに言った。

壁をひとつ隔てたとなりのアパートでは、男が、同じ部屋にいるみたいだと感じながら、テレビ画面を凝視している。

「学校であったことを聞かせて」

ダナが言うと、ケマルは素直に話しだした。

「今度の学校の先生たちはみんないい人たちだよ。数学の先生はけっこう厳しいけどね……」

「それはよかったわね」

「生徒たちもまえの学校と違ってとても親切だよ。ぼくの義手のことも本物みたいだって褒めてくれるんだ」

「学校が変わるとずいぶん違うものね」

「ぼくのクラスに本当にかわいらしい子がひとりいるんだ。彼女はぼくのことを好きみたい。名前はライジーっていうんだよ」

「あなたもその子のことが好きなの?」

「うん。あの子は〝ファト〟」

〈この子は知らないうちにどんどん大人になっている〉

ダナは思いがけなく胸のなかが複雑になった。

ケマルが眠りに就いてから、ダナはダレー夫人と話すためキッチンへ行った。

「ケマルがあんなにおとなしくなったのはダレーさん、あなたのおかげよ。なんとお礼を言っていいか——」

「どういたしまして。お礼を言いたいのはわたしの方です」

ダレー夫人は明るく笑って言った。

「わたしの子供たちはみんな独立してしまいましたけど、ケマルのおかげで子育ての楽しさを思いだしました。ケマルとわたしは奥さまの留守をけっこう楽しんでいたんですよ」

「それを聞いてうれしいわ」

ダナは深夜まで寝ずにジェフからの電話を待った。だが、かかってこなかったので、ベッドに入った。ベッドに横になってからも、考えるのはジェフのことばかりだった。

〈あの人は今どうしているのかしら？　もしかしてレイチェルと愛しあっているのかしら？〉

ダナはそこまで勘ぐる自分が恥ずかしかった。


となりのアパートの男は受話器に向かってひと言報告した。

「すべて異状なし」

ダナの携帯電話が鳴った。

「ジェフ、ダーリン、あなた今どこにいるの？」

「フロリダのドクターズ病院にいるんだ。レイチェルの乳房切除手術は終わったよ。ガンの専門医がさらに精密検査をつづけているところだ」

「まあ、なんていうこと！　ほかに転移していないといいわね」

「そういうことなんだ。それでレイチェルは、おれにもう二、三日いてほしいって泣いてせがんでいるんだよ。もしきみの許しを願えるなら――」

「もちろん、一緒にいてやりなさいよ」

「あと二、三日で済むと思うんだ。おれのほうから社長に電話して断わっておく。そっちになにかビッグニュースはあるかい？」

ダナは一瞬、アスペンで見聞きしたことと、調査をさらにつづけることをジェフに話しそうになった。

〈よすわ。この人はレイチェルのことで頭がいっぱいなんですから〉

「いいえ。すべて異状なしよ」

「ケマルによろしくな。きみも無理するなよ」

電話の向こう側では、ジェフが受話器を置いたところに、看護婦がやってきた。

「コナーズさんですね？　ヤング先生がお話したいそうです」

ジェフが医師のオフィスに入っていくと、ヤング医師はカルテになにか書きこんでいた。医師は顔をあげ、ジェフにいすを勧めてから言った。

「手術はうまく行きました。しかし、患者には精神的な支えが絶対に必要です。女性として劣等感を持つようになりますからね。いまはまだ麻酔が効いていて眠っていますが、目が覚めたらおそらくパニックになるでしょう。ですからあなたに、彼女を励ましてやってほしいんです。パニックになるのも怖がるのも、それでいいんだとあなたから言ってやってください」

「分かりました」

ジェフとしては、この場で自分の立場を説明する必要もなかった。

「ガンの転移を防ぐために放射線治療をはじめなければならないんですが、彼女の恐れや落ち込みはそのときさらにひどくなるでしょう。本人にしか分からないトラウマです」

ジェフは座ったまま、とりあえずのことを考えた。

〈おれはどうすべきなのか？〉

「誰か一緒にいて面倒を見てやれる人はいるんでしょ？」

「わたしです」

そう答えたときジェフは、レイチェルには身寄りが自分しかいないことにはじめて気づいた。

エア・フランス機によるニースまでの飛行は平穏だった。ダナはラップトップコンピューターのスイッチを入れ、それまでに集まった情報を再検討した。大いに疑わしい。しかし、決定的ではない。

〈証拠がないわ〉

ダナは思った。

〈証拠がなければ、たんなる空想で終わってしまう。もし証拠がつかめたら――〉

「快適な飛行ですね」

となりの席の男性に声をかけられ、ダナはそちらを向いた。背が高くハンサムな男性だった。英語にはフランスなまりがあった。

「本当ですね」

「フランスへはたびたびいらっしゃるんですか？」

「いいえ。今回がはじめてです」

男性はにっこりした。

「それじゃ、なおのこと感激しますよ。夢のようなところですから」

男性は誠実そうにほほえみ、ダナのほうにぐっと身を寄せた。

「街を案内してくれるお友達はどなたかいらっしゃるんですか？」

「夫と子供が三人、迎えに来ているはずです」

〈ドマージュ、がっくり〉

男性はうなずくと、彼女から顔をそむけてフランス語の新聞を読みはじめた。

ダナは意識をコンピューター画面に戻した。ひとつの項目が彼女の注意を引いた。自動車事故で死んだポール・ウィンスロープには道楽があった。

〝カーレース〟


ニース空港に着くと、ダナは人でごった返すターミナルビルを横切り、レンタカーのオフィスへ向かった。

「ダナ・エバンスですけど、予約が――」

係員が顔をあげた。

「ああ、ミス・エバンス。車の用意はできていますよ」

係員は書面をダナのまえに置いた。

「ここにサインするだけでけっこうです」

〈ここはなかなかサービスがいいわ〉

ダナは気分をよくして言った。

「南フランスの地図が欲しいんだけど、こちらになにか――」

「もちろんありますよ、マドモアゼル」

係員はカウンターの下に手を伸ばして地図を選んだ。

「はい、どうぞ」

係員は、ダナがオフィスから出ていくのを見送った。


〝WTN〟の役員タワーの一室でオーナー会長のエリオット・クロムウェルがマット・ベーカー社長と話していた。

「ダナはいまどこに行っているのかな?」

「フランスです」

「調査になにか進展はあったのかね?」

「結論を出すにはまだ早すぎます」

「わたしは心配なんだ。ここのところ彼女は単身旅行をくり返しているが、女性のひとり旅は最近とくに物騒なんだからね」

クロムウェルはためらいながらも、言いたいことを強調した。

「危なっかしいな」

南フランス、ニースの空気は澄んでひんやりしていた。ポール・ウィンスロープが死んだ日の天候はどうだったのだろう、とダナはまず気象条件を気にした。

借りたシトロエンに乗りこむと、ダナは、曲がりくねった山のハイウエー、グランド・コルニッシを上っていった。道中、眼下に見える小さな村々が絵のように美しかった。

ポール・ウィンスロープの死亡事故はボーソレイユの北、地中海を見下ろすリゾートの町、ロックブルン・キャプ・マルタンへ向かうハイウエー上で起きていた。

ダナは当の町に近づいたところでスピードを落とし、ポール・ウィンスロープが激突したのはどの急カーブかと考えながら、ひとつひとつのカーブを吟味していった。ポール・ウィンスロープはなんの用事があってこの町に来たのだろう。誰かに会うためか？　カーレースに参加するためか？　休暇だったのだろうか？　それともビジネスで？

ロックブルン・キャプ・マルタンは家並みも道の敷石も中世のままの町である。古い教会や、昔のほら穴などがあり、ところどころに新しい豪勢な別荘が建つ。ダナは町の中心まで行き、そこに車を止めて、徒歩で警察署を探しに出かけた。通りかかった店から出てきた男性をつかまえて彼女は訊いた。

「すみません、警察署はどこにありますか？」

「ジュ　ヌ　パラレ　パ　ゾングレ……」

男性はフランス語でペラペラはじめた。どうやら、英語は話せないと言っているらしかった。フランス語を話せないダナはあせった。

「ポリス、ポリス」

「アー、ウィ」

男性は指さしながら言った。

「ラ　ドゥズィエム　リュ　ア　ゴーシュ」

男のジェスチャーから、二番目の道を左へ曲がればあるらしかった。

「メルシー」

「ドゥ　リヤン」

白壁づくりの警察署の建物は古くさくて今にも崩れそうだった。なかに入ると、制服を着た中年の警察官が机の向こうに座っていた。警察官はダナに気づいて顔をあげた。

「ボンジュール、マダム」

「ボンジュール」

「コモン　ピジュ　ヴ　ゼデ？」

「英語は話せませんか？」

ダナが言うと、警察官はしばらく考えてから答えた。

「イエス」

警察官の声はいかにも不服そうだった。

「ここの責任者とお話したいんですけど？」

けげんな表情でダナを見つめていた警察官が急ににっこりした。

「ああ、フラジエ署長のことですね？　ウィ、ちょっと待ってください」

警察官は受話器をとりあげ、なにごとか話した。うなずくと、彼はダナのほうに向きなおり、廊下の奥を指さした。

「ラ　プルミエ　ポルト」

「ありがとう」

ダナは廊下を歩き、最初のドアのまえで止まった。

署長室はせまかったが、きれいに整頓されていた。署長はでっぷりした小男で、ちょびヒゲをたくわえ、職業がらか、その茶色い目は人を疑ってかかるような表情をしていた。

ダナが入っていくと署長は立ちあがった。

「ボンジュール、マドモアゼル」

「こんにちは」

「どんなご用件ですか？」

署長は英語で尋ねた。

「わたしはダナ・エバンスと申します。ワシントンのＷＴＮの代表としてウィンスロープ一家について取材しています。ポール・ウィンスロープ氏はこの近くで交通事故に遭って亡くなったと聞いてきましたが？」

「ウィ、テリーブル！　テリーブル！　グランド・コルニッシをドライブするときは気をつけないとね。あの道は危ないんです」

「ウィンスロープ氏が亡くなったとき、ちょうどレースが行なわれていたとか？」

「ノン。あの日、レースはありませんでした」

「レースはなかったんですか？」

「ありませんでした、マドモアゼル。事故が起きたとき、わたし自身が調査の指揮をとりました」

「そうだったんですか。車の中にいたのはウィンスロープさんひとりでしたか？」

「ウィ」

「司法解剖はされたんですね？」

「ウィ、もちろん」

「ポール・ウィンスロープさんの血液からアルコール反応はあったんですか？」

フラジエ署長は首を横にふった。

「ノン」

「ドラッグは？」

「ノン」

「その日はどんな天気でした？　覚えてらっしゃいますか？」

「ウィ。イル　プルーヴェ。雨でしたよ」

ダナにはもうひとつ訊きたいことがあった。期待できなかったが、彼女は一応言ってみた。

「目撃者はいなかったんですね？」

「メ　ウィ、イリ　アン　ナヴェ」

ダナは署長を見つめた。彼女の心臓が鼓動を速めた。

「目撃者がいたんですか？」

「ひとりね。その男はウィンスロープ氏のうしろをドライブしていて、事故が起きた瞬間を目撃しました」

ダナははやる気持ちを抑えた。

「目撃者の名前と住所を教えていただけたらうれしいんですが」

ダナはていねいな口調で言った。

「ぜひその方の話が聞きたいんです」

署長はうなずいた。

「いいでしょう」

署長はそう言うと、大きな声で部下を呼んだ。

「アレクサンドル！」

署長の助手があわてた様子で部屋に入ってきた。

「ウィ、コマンダン」

「アポルテ　モア　ル　ドジエ　ドゥ　ラクシドン　ウィントロープ」

「トゥ　ドゥ　スイット」

助手は急いで部屋を出ていった。フラジエ署長がダナに顔を向けた。

「なんて運の悪い一家なんでしょう。人間の命って〝トレ　フラジル〟、壊れやすいんです」

署長はそう言ってにっこりした。

「遊べるときに遊んでおくべきです」

署長は小さな声でつけ加えた。

「女性だって同じですよ。ところで、あなたはここでお一人ですか、マドモアゼル？」

「いいえ。夫と子供たちを待たせています」

〈ドマージュ〉

署長の助手が書類を持って戻ってきた。署長は書類に目を通してからうなずき、ダナを見上げた。

「事故の目撃者はアメリカ人観光客のラルフ・ベンジャミン。証言によると、目撃者はポール・ウィンスロープのうしろをドライブしていて、犬を見たんだそうです。その犬がウィンスロープの車のまえに飛びだし、ウィンスロープはよけようとハンドルを切り、いったん山側にぶつかってから激しく横すべりして崖から落ち、海面に激突した、とあります。検死官の報告によると、ムッシュー・ウィンスロープは即死だそうです」

「ベンジャミンさんの住所は分かりますね?」

ダナは期待して訊いた。

「ウィ」

署長は視線を書面に戻した。

「住所は〝米国ユタ州のリッチフィールド、ターク通り42〟っと」

署長は住所をメモ用紙に書き、それをダナに渡した。ダナは興奮を隠そうと必死だった。

「どうもありがとうございます」

「アベック　プレジール」

署長は結婚指輪をはめていないダナの薬指に目をとめた。

「それから、マダム」

「はい、なんでしょう？」

「ご主人とお子さんたちによろしく」


ダナはマット・ベーカーに電話を入れた。

「社長、来たかいがありました」

彼女の声は弾んでいた。

「ポール・ウィンスロープ氏の事故に目撃者がいたんです。これから目撃者の話を聞きに行こうと思います」

「それはすごい前進だな。その目撃者はどこにいるんだね？」

「ユタ州のリッチフィールドです。そちらに回ってからワシントンに戻ります」

「いいだろう。ああ、それから、ジェフから電話があったぞ」

「はあ、なんて言っていました？」

「彼が離婚した妻とフロリダにいるのは知ってるだろ？」

不満げな社長の口調だった。

「分かっています。彼女はとても重い病気にかかっているんです」

「もしジェフの欠勤がこれ以上長くなるなら、一時的に番組から降りてもらわなければならないな」

「もうすぐ戻るはずです」

ダナは自分でもそう信じたかった。

「まあ、そうだろう。目撃者へのインタビューがうまく行くように祈っているぞ」

「ありがとうございます、社長」


つぎにダナはケマルに電話した。ダレー夫人が電話に出た。

「こちらはミス・エバンス宅です」

「こんばんは、ミセス・ダレー。異状はありませんね？」

ダナは息をのんで答えを待った。

「息子さんが昨日夕食の手伝いをしてくれたのはいいんですが、あやうくキッチンを燃やすところでした」

ダレー夫人は笑ってつづけた。

「それ以外はすべて順調です」

ダナは無言で感謝の祈りを唱えた。

「それはよかった」

〈この人は本当に奇跡の家政婦だわ〉

「今夜はお戻りになるんですか？　でしたら、夕食の用意を――」

「もう一か所、寄るところができたの。二日したら帰るわ。ケマルに代わってくれます？」

「いま寝ていますけど、起こしましょうか？」

「いえ。だったら、いいの」

ダナは時計を見た。ワシントンではまだ午後の四時のはずである。

「昼寝をしているのかしら？」

ダレー夫人の温かい笑い声が聞こえてきた。

「ええ、そうなんです。元気に暴れまわっていましたから。勉強も一生懸命したし、きっと疲れたんでしょう」

「ケマルによろしく伝えておいてください。では、あさってごろ戻りますから」


〝もう一か所、寄るところができたの。二日したら帰るわ。ケマルに代わってくれます？〟

〝いま寝ていますけど、起こしましょうか？〟

〝いえ。だったら、いいの。昼寝をしているのかしら？〟

〝ええ、そうなんです。元気に暴れまわっていましたから。勉強も一生懸命したし、きっと疲れたんでしょう〟

〝ケマルによろしく伝えておいてください。では、あさってごろ戻りますから〟

テープはそこで終わった。


ユタ州リッチフィールドは、モンロー山脈中の盆地に広がる住み心地のよさそうなベッドタウンである。ダナはガソリンスタンドに寄り、フランスでもらった住所までの道順を教えてもらった。

ラルフ・ベンジャミンの家は、寸分たがわない同じ家が建ち並ぶ一郭のなかの一軒で、まるで一度も手入れをされたことのないような雨ざらしの平屋だった。

ダナは家のまえで車を止め、玄関に歩みより、ドアのベルを鳴らした。

ドアが開くと、エプロンを着た中年の女性がそこに立っていた。女性の髪の毛はまっ白だった。

「なんのご用でしょうか?」

「ラルフ・ベンジャミンさんにお会いしたいんですけど」

ダナが言うと、エプロン姿の中年女性は奇妙な目で彼女を観察した。

「約束があるんですか?」

「いえ、わたしは——近くを通りかかったものですから、ちょっと寄ってみようと思い立ちまして。彼はいま家にいるんですか？」

「ええ、いますよ。どうぞお入りなさい」

「ありがとう」

ダナはドアをくぐり、女性のあとにつづいて居間に入った。

「ラルフ、お客さんですよ」

ラルフ・ベンジャミンはロッキングチェアから立ちあがり、ダナのほうに手を差しだした。

「ハロー？　わしの知っている人かな？」

ダナはそこに立ったまま凍りついた。

なんと、ラルフ・ベンジャミンは盲目だった。

〔下巻につづく〕

新書判
空が落ちる（上）

二〇〇三年五月一日　第一刷発行

著者　シドニィ・シェルダン
訳者　天馬龍行

発行者　益子邦夫
発行所　㈱アカデミー出版
東京都渋谷区鉢山町15―5
郵便番号　一五〇―〇〇三五
電話　〇三（三四六四）一〇一〇
FAX　〇三（三四七六）一〇四四
〇三（三七八〇）六三八五

印刷所　大日本印刷株式会社

ISBN4-86036-012-5